致青春 082

靈魂決定我愛你

（01）

墨西柯　著

高寶書版集團

目錄
CONTENTS

第一章　穆家千金　005
第二章　嘉華學園　037
第三章　他們的秘密　065
第四章　天才鋼琴少年　095
第五章　女傭　125
第六章　謠言　153
第七章　生日蛋糕　189
第八章　生日會　235
第九章　尹嫿　263

第一章　穆家千金

許昕朵坐在餐廳裡，動作從容地吃著晚餐。

穆家的餐廳像獨立的花園，正前方是一個拱形的落地窗，外面就是小花園。

餐廳內擺放著各式盆栽，銜接處有一個巨大的酒架，上面擺放著各種紅酒。

此時夜幕已深，落地窗上映襯著水晶吊燈的光亮，好似夜色中的螢火蟲。

剛相認幾天的「父母」坐在許昕朵的對面交談著，她的身邊還坐著頂替她，生活在穆家十六年的假千金穆傾瑤。

氣氛生疏又尷尬。

這時穆父開口說道：「昕朵，我們準備安排妳轉學的事情，我們希望妳也可以轉到瑤瑤和小亦的學校去。」

許昕朵沒說話，坐得筆直，吃著面前的東西。

她吃飯時的動作不緊不慢，有一絲慵懶，更多的則是不容侵犯的華貴氣質，這倒是和她的外貌非常相符。

許昕朵無疑是美貌的，只不過整體氣質以及五官搭配，給人一種「厭世」的感覺。

她是冷豔的，美，卻不允許任何人靠近。

等了片刻沒有等到答案，穆父又問：「呃……昕朵，有什麼問題嗎？還是說妳想留在原來的學校？」

許昕朵緩緩放下碗筷，抬頭看向穆父說：「抱歉，我不習慣吃飯的時候說話。轉學的事情我完全可以，你們安排就好。」

穆父的動作一頓。

食不言寢不語是常提到的，不過穆家沒有這個規矩，反而顯得他們沒規矩了。

他笑了笑說道：「挺好的習慣。我們會安排妳進嘉華國際學校的普通班，本來是想安排妳去火箭班的，瑤瑤和小亦都在火箭班。可是這個班級需要成績，不能直接進去，妳去之後可以努力努力，爭取考進火箭班。」

穆傾瑤吃了一口飯後，語氣淡然地說道：「我覺得許昕朵是可以的，聽說她在鎮裡的高中成績還不錯。」

然而大家都能想明白，鎮裡的學校和這種國際學校的師資完全不同。許昕朵來了這邊能不能跟上課程進度都是問題，更何況去火箭班了，簡直就是天方夜譚。

許昕朵突然說道：「我想去國際班，最好是四班。」

聽到這句話，穆傾瑤吃飯的動作一頓。

她的未婚夫，或者說原本應該是許昕朵的未婚夫就在國際四班。

她立即瞥了許昕朵一眼，心裡暗罵，果然忍不住，想要奪回去了？可笑。

她的男朋友怎麼可能看得上這種鄉巴佬。

更何況現在許昕朵的身分只是養女。

穆父微愣，詫異地問：「妳想出國留學？國際班全英語教學，不會有人翻譯，妳能跟得上嗎？」

「可以。」許昕朵回答得非常堅定。

穆傾瑤立即說道：「妳還是理智一點比較好，不要上課什麼都聽不懂，反而鬧笑話。」

許昕朵沒理她。

穆傾瑤看著許昕朵不理不睬的模樣恨得咬牙。

穆父又提了另外一件事情：「我們想把妳的名字改了，妳有沒有喜歡的字？」

誰知，許昕朵竟然拒絕了：「這件事就算了吧？」

穆父依舊堅持：「妳畢竟是我們穆家的孩子，怎麼能姓許？」

「我是被許家人撫養成人的，養育之恩不能忘。就像妹妹雖然知道了自己的真實身分，依舊留在穆家，對真正的家人視而不見一樣，我的名字也不必改。」

這回答讓穆父身體一僵，竟然無法再說什麼。

穆母快速看了許昕朵一眼，表情變得不太好看，卻也沒說什麼。

許昕朵是他們的親生女兒，然而念及穆傾瑤跟著他們生活了十六年的情份上，他們決定對外宣稱許昕朵長得像他們，身世可憐，才收留她當養女，保留穆傾瑤原本的身分。

這一點，他們確實理虧。

親生的，跟他們有血緣關係，可到底是一個陌生人。

看著穆傾瑤哭得那麼難過，十六年相處的親情讓他們做出這個殘忍的決定。

在他們的觀念裡，之後好好補償許昕朵就是了。

這麼做，許昕朵沒有抗議，甚至沒有其他情緒，這讓他們鬆了一口氣。

然而現在，許昕朵拒絕改名讓他們鬱悶了，他們完全沒辦法說什麼。

只要他們說了，許昕朵完全可以提身分的問題。

改名可以，她不會做養女。

穆傾瑤更是臉色鐵青。

這句話絕對是在諷刺她！

開什麼玩笑，她怎麼可能是那種低賤身分家裡的孩子，她就是穆家的千金小姐！

她才不承認！

吃完飯，許昕朵和穆傾瑤一同上樓，穆傾瑤快步追上走在前面的許昕朵，咬著牙，壓低聲音說道：「哥哥最近在做交換生，短時間內不會回來，妳轉學後我會帶妳熟悉學校的。」

「好。」許昕朵冷淡地回應一聲，轉身回自己的房間。

穆傾瑤看著房間門冷笑。

裝。

妳就裝吧。

一個鄉下來的土包子，裝得還挺優雅的，我倒是要看看妳還能裝多久。

♫

開學第一天，許昕朵收到穆父給她的新手機。

她將手機盒子放進書包裡，跟著上了穆家的車。

到了車上，穆傾瑤看了看許昕朵穿校服的樣子，眼睛裡像是有刀子。

許昕朵生得好看，身上自帶仙氣，平日裡十分沉默話不多，還真有幾分高嶺之花的感覺。

然而穆傾瑤就是看她看不順眼。

她們的哥哥穆傾亦是校草。

許昕朵和穆傾亦有八分相似，只是多了女孩子該有的柔美，身材也高挑。

穿著西裝外套、百褶裙的校服，腿的長度幾乎是從肚臍眼開始算的，長得有點離譜。

和她一百五十七公分的身高，身體腿長五五分的身材完全不同。

以前她和哥哥不像，她覺得可能是異卵同胞的問題。如今才知道，原來她和哥哥根本沒有任何血緣關係。

「妳們鎮裡的高中有英語課嗎？」穆傾瑤突然問了這個略顯刻薄的問題，坐在前面的司機都覺得有些刺耳。

可想而知，穆家千金是不喜歡這位養女的。

「嗯。」許昕朵隨便回答了一句，手裡還拿著一本書認真地看著。

穆傾瑤看過去，居然是一本全英文的小說，立即撇嘴。

看得懂嗎？

在國際班的學霸都不一定能這麼裝模作樣的看全英文的小說。

這個人是從裝模作樣村裡爬出來的吧？

怎麼那麼能裝？

一路沉默。

到了學校後，學校裡的學生還不多。

穆傾瑤看到許昕朵還拎著一個行李箱，眼珠一轉突然說道：「許昕朵，我帶妳去熟悉學校吧。」

「不用。」許昕朵冷淡地回答。

嘉華國際學校的校服很多，甚至涵蓋了泳衣、網球服、籃球服等等。

其他學生的校服都是放在自己的小櫃子裡，許昕朵剛來，只能用行李箱裝著。

穆傾瑤一副跟她關係很好似的挽住她的手臂：「來嘛，我們學校很大，妳要是在學校裡走到迷路了，爸爸、媽媽可要怪我了。妳知道的，他們都很疼我的，要是因為妳讓我挨罵，我冤枉死了！」

許昕朵有點無奈，只能拉著行李箱跟著穆傾瑤在學校裡走。

穆傾瑤似乎是故意的，總挑有樓梯的地方走，完全沒有幫許昕朵拎東西的打算。

「箱子重嗎？」穆傾瑤問她。

「還好。」

「抱歉哦，我在家裡從來不幹重活，妳在村子裡長大的完全沒有問題吧？」

「……」

許昕朵真的不想和這傢伙一般見識。

許昕朵挺煩穆傾瑤的，簡直是噁心人卻不自知，她卻不能和穆傾瑤發作。

她知道，此時盯著她最緊的不是別人，就是穆傾瑤。她現在只能盡可能的在穆傾瑤面前少說話，沒有任何情緒的樣子，這樣穆傾瑤才能少發現一些把柄。

不然，第一個發現她和童延會互換身體的，恐怕會是穆傾瑤這個低級綠茶。

這個時候穆傾瑤看到朋友，跑過去跟朋友打招呼。

幾個女生聚在一起說話的時候，時不時看向許昕朵，明顯在談論她。

許昕朵站在一側朝周圍看了看，看到一個男生，立即叫了一聲：「蘇威。」

「啊？」蘇威只是路過，突然被一位大美女叫住還有點驚喜。

許昕朵將自己的行李箱給了蘇威：「幫我放到四一一櫃子裡，謝謝。」

這語氣出奇的讓人感到熟悉，蘇威下意識地接了過來，表情卻納悶到不行。

許昕朵又將自己的書包拿下來：「書包也幫我帶過去吧。」

「啊？妳是？」這人是誰啊？

「轉學生，你們班的。」許昕朵回答完，朝穆傾瑤走了過去，「還逛嗎？」

蘇威揹著書包，推著行李箱走，走到一半突然反應過來，四一一不是延哥的櫃子嗎？

他哪敢打開延哥的櫃子啊！

再回頭，看到許昕朵已經走遠了。

算了，先拿回班級吧，為什麼這美女的語氣讓他感覺這麼熟悉呢？

穆傾瑤看著許昕朵把自己的書包給了國際四班的學生，不由得驚訝：「妳認識？」

「看到班牌了，就拜託他幫忙帶過去。」

「妳可……真……」穆傾瑤都不知道說什麼好了。

不就是仗著自己長得好看？

繼續逛學校，穆傾瑤的朋友跟在她們身後，陰陽怪氣地小聲聊天。

女生一：「真好啊，長得像就能土雞變鳳凰，一舉衝出村子進入豪門。」

女生二：「這簡直就是童話故事了，也只有我們瑤瑤心腸好，能接受這種事情。如果是我，我可受不了這種半路殺出來的妹妹，什麼東西啊。」

女生三：「就是……妳看看那拽的樣子，不過是一個贗品，真把自己當大小姐了？」

許昕朵回頭看向她們，她們也沒有收斂，標準的我們就是在罵妳，妳能把我們怎麼樣的表情。

「對，贗品真的很噁心。」許昕朵這樣說。

三個人不明所以，只當許昕朵傻了。

穆傾瑤的心口卻「咯噔」一下，知道許昕朵是在諷刺自己，卻什麼都說不出來。

穆傾瑤帶著許昕朵走到泳池附近：「這是我們學校的泳池，這個只是戶外的，體育館裡有室內的，還有跳臺呢，下次妳試試看？」

女生一立即說道：「村子裡沒有這個環境，可能不會游泳。」

女生三：「才不會呢，村子裡有小河，可以野浴。」

接著幾個女生笑了起來。

許昕朵嘆了一口氣。

懶得和她們聊了。

「我們回去吧。」許昕朵說道。

穆傾瑤知道許昕朵肯定是不高興了。

許昕朵不高興，她就高興了，於是挽著許昕朵的手臂說：「別啊，馬上就到多媒體大樓了，這裡是環形設計，最容易迷路了。」

她們走進多媒體大樓，一樓最顯眼的教室是音樂教室。

走進去，穆傾瑤介紹道：「這裡很多樂器妳都沒見過吧？」

女生二：「這裡一個管風琴的價格，都夠在他們村子蓋一棟別墅了。」

許昕朵不在意她們說什麼，自己的舊手機震動了幾下，她拿出來看到訊息。

童延：『換過來！鋼琴比賽替我來。』

許昕朵打字回覆：『讓你好好練琴你為什麼不聽？』

童延：『不是有妳嗎？』

旁邊的幾個女生看不到許昕朵在和誰聊天，只能看到許昕朵的手機螢幕都碎了。

她們更不會知道，手機螢幕是童延換到她身體裡時，憤怒的情況下拿手機砸人，螢幕才碎掉的。

許昕朵走到鋼琴邊，扶著鋼琴，像是在仔細看著琴鍵，其實只是讓身體在做交換的時候不至於跌倒。

穆傾瑤繼續跟許昕朵介紹：「這架鋼琴算是我們的鎮校之寶了，是件古董，不會讓任何人輕易觸碰。等妳鋼琴考到證照，老師說不定會讓妳彈幾下。」

女生一：「鋼琴是那麼好學的嗎？這個年紀半路出家，頂多彈一首〈小星星〉。」

女生二：「對，鋼琴這麼有天賦的也就只有瑤瑤了，上次還在比賽拿到第三名呢。」

童延換到許昕朵的身體裡後，活動一下脖子，轉過身看向身後的四個女生：「妳們剛才說什麼？」

嘴角揚起冷笑，眼神帶著三分戲謔，七分暴戾。

「許昕朵」似乎轉瞬間就切換成另一種氣勢。

之前是冷漠、高傲，對所有的事情都不屑一顧的。

而此時是暴戾、狂傲，眼神裡甚至有些嘲諷與玩味。

童延和許昕朵交換身體多年，為了不暴露，努力掩飾後依舊有著不同的氣質。

許昕朵為了少些漏洞，選擇少說話。

童延為了少些漏洞，選擇少生氣。

此刻在音樂教室的，是童延。

幾個女生立即噤聲。

還是穆傾瑤首先解釋：「妳別誤會，家裡肯定會幫妳安排鋼琴課的，妳如果悟性好，大概也能彈出一首完整的曲子。」

童延伸手掀起鋼琴蓋，用力往上摔，鋼琴蓋連緩衝都沒有，發出一聲巨響。

「這破東西還讓我彈幾下？誰給它臉了，心情不好我就把它砸了。」童延說完，想要手插口袋，結果發現自己穿的是裙子，於是不爽地走了出去。

不知道許昕朵出門的時候有沒有穿安全褲，不然都不能蹺二郎腿了。

現在還不能掀起裙子看。

真煩。

走廊裡有老師，聽到聲音後快速過來，剛好碰到走出去的童延，問：「怎麼回事？」

「她們幾個砸鋼琴。」童延回答完，直接朝外走。

接著是老師進教室罵人的聲音。

♫

童延回到國際四班，坦然地走了進去。

走進去後，教室裡安靜了一瞬間，大家看著這個陌生的女孩走了進來，也不打招呼，只是兀自走向教室最後。

然後坐在延哥的位子上！

立即有人提醒：「喂！那是延哥的位子，妳坐那裡延哥肯定會生氣的！」

還有人問：「妳誰啊？」

有男生小聲感嘆：「我靠，美女，這位絕了。」

童延看著他們，懶洋洋地回答：「許昕朵。」

蘇威立即認出他，高聲說道：「啊，是妳啊，妳轉到我們班？妳的行李箱和書包我放在櫃子旁邊了。」

童延回頭看了一眼，覺得有點麻煩，擺了擺手說道：「嗯，知道了。」

班長在這個時候站起來，走到他身邊說道：「同學，妳是轉學生吧，妳跟大家做一個自我介紹吧，讓大家認識認識妳。」

「介紹什麼啊，早晚都能認識。」童延回答完，伸手從抽屜裡拿出運動服外套，墊在桌面上，抱著衣服直接睡了。

國際四班的學生看得目瞪口呆。

這個轉學生囂張得有點……延哥的架勢。

只是這麼拿延哥的衣服，還墊著睡覺，按照延哥的脾氣不會丟椅子砸人嗎？

「延哥的朋友？」

「魏嵐，她是誰啊？」

不明真相的人乾脆去問童延關係最好的男生。

魏嵐看到許昕朵後目光就沒離開過，此時還盯著許昕朵的頭頂看呢，被叫了名字後用食指抵著嘴唇，「噓」了一聲，讓他們別打擾美女睡覺。

眾人紛紛了然，大概是認識的。

這一幕還真的把國際四班的學生鎮住了，真的當來了一位大佬。

結果第二節課下課，他們就得到了消息，這個許昕朵並不是童延的朋友，而是穆家新收養的養女。

因為許昕朵長得和穆家人很像，並且身世可憐，就收到穆家做養女。

許昕朵剛從農村出來幾天，怎麼可能認識童延這種財閥大少爺？

還真的是被她剛來時的陣仗嚇到了。

什麼鬼？

「喂。」沈築杭到轉學生的身邊叫了一聲。

他從穆傾瑤那裡聽說了許昕朵的事情，心中十分不屑，想要讓這個叫許昕朵的養女懂得知難而退。

他是穆傾瑤的未婚夫，兩個人是青梅竹馬，現在穆傾瑤也是他的女朋友。

前幾天他聽聞穆家收了一個養女，讓穆傾瑤受了不少委屈。

昨天晚上穆傾瑤更是哭訴，說穆家這個養女對他非常在意，似乎想要搶走他，鞏固自己的地位。

聽到這個消息後，他覺得這個養女的腦子恐怕有病，不然怎麼會有這麼可笑的想法？簡直不可思議。

他是誰？

沈家大少爺！

出身名門，從小受到良好的教育，長相優秀，在學校裡一直十分受歡迎。

不過他從來沒有在意過其他人，心裡只有穆傾瑤。

這個突然從農村裡出來的鄉巴佬居然想勾引他？

也不掂量掂量自己的身分？

只有穆傾瑤那種談吐不凡、身分高貴的千金小姐才能配得上他。

這個養女，憑什麼？

憑能野雞變鳳凰的運氣嗎？

叫了一聲後，許昕朵沒理，沈築杭乾脆推了推她的頭。

童延有起床氣，他在學校睡覺的時候沒人敢吵他。突然被推頭，不爽地抬頭朝沈築杭看過去，沒出聲，只是目光不太友善。

何止不友善。

簡直要殺人。

沈築杭被這充滿殺意的眼神震懾住了，一時間竟然沒說出話來。

童延坐直身體活動一下脖子，問：「幹屁？」

「呵。」這個女生果然粗魯。

沈築杭單手撐著桌子，俯下身看著他，上下打量。

說真的，這個養女還真的挺漂亮的。

她抬頭的一瞬間，沈築杭的心口隨之一蕩。

頭髮烏黑，柳眉配著一雙琥珀色的瞳孔，眼睛像貓一樣，眸子裡全是冷淡。

鼻樑高挺卻不過分，弧線極為優美，嘴唇不薄不厚，有著自然的粉色。

她的皮膚極白，若上等的羊脂白玉，如果沒有睡覺時壓出來的痕跡，就更完美了。

這種小美人似乎只適合出現在螢幕裡，只需對著攝影機微笑，都能引來一堆粉絲成為她的顏值粉，為她瘋狂。

她出現在學校裡，絕對是讓人無法忽視的存在。

漂亮得彷彿在發光。

不過……到底是土包子。

光是養女的身分沈築杭就看不上。

他強裝鎮定地說道：「妳就是許昕朵？」

「說正事。」童延看向沈築杭拄著桌面的手，想要發火，卻叮囑自己這是許昕朵的身體，不能發火，不能發火。

不然姑奶奶又要生氣。

「我勸妳收起那些可笑的小心思，不要做白日夢了。」沈築杭輕笑一聲，冷冷地說道。

「我有什麼心思？」童延還挺好奇的。

「我的確跟穆家有婚約，但是婚約是和瑤瑤這種正牌千金小姐，而非妳這種養女。說真的……妳真的只是養女？還是……」說著邪笑了起來。

穆家突然收了一個養女，還和穆家人很像，有人說許昕朵是小三的女兒。上不了檯面的身分。

「哦。」童延看著沈築杭，不知道這小子到底要幹什麼。

沈築杭是他的同班同學，平日裡跟他的關係還算可以。

或者說，沈築杭是他的舔狗，童延平日裡沒怎麼理過這傢伙。

原來沈築杭收起諂媚後，是這樣一副嘴臉。

沈築杭再次嘲諷：「哦？轉到國際四班是為了我？我告訴妳，放棄妳的癡心妄想吧，我對妳這種鄉巴佬不感興趣。妳最好滾遠一點，不然我讓妳在這個班級混不下去。」

童延愣住。

什麼東西？

許昕朵為了沈築杭轉到這個班級？

看到「許昕朵」傻掉的表情，沈築杭有一瞬間的滿足。

果然啊，這個鄉巴佬受挫了吧？

早知如此何必當初？

就不該有種不切實際的念想。

緊接著他看到「許昕朵」突然笑了起來，而且笑得停不下來，指著他問：「你有毛病吧？你平時戲也這麼多嗎？」

「妳說什麼？」

「我還奇怪你在說什麼呢！我看上你？我看上你傻，還是看上你見到打架就嚇得站不直，又或者看上你進鬼屋嚇到尿出來？」

沈築杭的表情瞬間一變。

童延繼續壓低聲音說道：「要點臉。」

有警告的意思。

沈築杭惱羞成怒，抓住一個點反覆嘲諷：「妳……妳胡說什麼？不知廉恥，果然是見不得人的身分，說出來的話都這麼難聽，我絕對看不上妳這種貨色的，死心吧！」

童延有點氣。

考慮著要不要發火。

結果手機震動，他看了手機一眼：『比完了，換回來？』

他打字回覆：『好吧，我正要揍人呢。』

沈築杭見許昕朵不理自己，用手敲了敲桌面，再次出聲：「我跟妳說話呢！」

剛回到自己身體裡的許昕朵抬頭看向沈築杭，覺得眼熟卻忘記他究竟是誰了，於是問：「你好，你是哪位？」

許昕朵在童延的身體裡的時候，在這個班級上過很多次課。

她記得蘇威是童延的小跟班，還記得跟童延關係好的幾個人，但是對沈築杭不太熟悉。

畢竟，她每次過來的時候不是幫童延上課，就是幫他考試，又或者是童延又打架惹事了，騙她過來幫自己挨罵。

沈築杭氣得渾身發抖，他什麼時候受過這種待遇，明明是過來羞辱人的，結果反成了自取其辱。

他氣急敗壞地回答：「沈築杭！」

「哦……」許昕朵點了點頭，接著問，「你有什麼事嗎？」

靠！

還要他再重複一遍嗎？

這個女的腦子有病嗎？

「她顯然對你完全不感興趣。」坐在前排的魏嵐回頭對沈築杭說道。

魏嵐是童延的朋友，家世背景不及童延，卻也比沈家強很多。再說魏嵐這個人，也是沈築杭招惹不起的。

沈築杭立即解釋：「你不知道情況……」

魏嵐懶得聽，笑了笑後提醒沈築杭：「別讓自己太難堪，滾吧。」

沈築杭氣呼呼地離開了。

魏嵐轉過身看向許昕朵，湊過來語氣輕浮地問：「小仙女終於睡醒啦？」

許昕朵沒回答。

她沒睡覺，她去比賽了，童延就不能認認真真聽一次課嗎？

「我叫魏嵐，妳叫什麼呀？」魏嵐一直盯著她看，看著她的時候嘴角忍不住上揚，只要見到美女心情就會飛揚起來。

「許昕朵。」

「原來我的女朋友叫這個名字啊……」

這傢伙又來了，見到漂亮的女孩就調戲。

許昕朵有點頭疼。

他們曾是一起去廁所噓噓過的兄弟……

「妳這個座位的隔壁是一個刺頭，性格非常龜毛，妳坐在這裡可能會惹他生氣。他倒是不會對妳做什麼，只是會讓妳很煩。」魏嵐再次說道。

許昕朵心想，幸好他是對她說的，如果童延聽到一定會暴跳如雷。

不過……童延確實是這樣的人。

「但是，我和他是好朋友，可以幫妳解釋妳並不知情，妳可以坐在我旁邊，這樣比較安全。」魏嵐繼續說道。

魏嵐的隔壁同學突然一愣。

那他去哪？

和延哥一起坐嗎？

這不是要他的命嗎？

「沒事，我想……他也不是那麼不通情達理的人吧。」許昕朵斟酌了一下用詞才回答。

「呃……如果他心情好，大概也只是罵幾句，死不了的。」魏嵐非常善於利用自己那張臉，此時故作心疼，實則湊過來炫耀自己有多帥。

魏嵐的是那種長相非常討喜的男生，標準的瓜子臉，眼睛不大不小剛剛好，加上雙眼皮和臥蠶，顯得眼睛很大。

他的五官秀氣且精緻，頭髮特地燙過，帶著彎度，蓬鬆地搭在頭頂。

瀏海遮住些許眸子，微笑的時候尤其好看。

許昕朵忍不住笑了笑：「那真的是太好了。」

許昕朵一笑，魏嵐的骨頭都軟了。

班裡突然來了這麼一位美女，還坐在他身後，他恨不得上課都轉過來上。

不過，別把人家小女生嚇到，還是矜持一點吧。

「有什麼不懂的就問我。」魏嵐見許昕朵不準備換座位，再次開口。

「好的。」

「我們加個好友吧，這樣也方便。」

「哦……」

許昕朵這才想起還沒換手機，從包裡拿出手機來，拆開後打開手機，換了手機卡，開機設定了一番。

這個時候開始上課了，魏嵐不得不轉過去。

老師進入教室，看到陌生的面孔，立即對許昕朵產生興趣，準備提問許昕朵。

許昕朵站起身，看向外籍老師。

沈築杭知道許昕朵是什麼出身，也知道她硬擠進國際班的事情，於是「好意」提醒老師：「老師，您說慢點，新同學有可能聽不懂。」

國際班上課全程都用英語，沈築杭也是用英語跟老師說的。

老師點了點頭，放緩語速詢問。

許昕朵從小跟童延交換身體，經常來這邊上課，早就習慣了這裡的全英語教學，自然沒有什麼聽不懂的。

她淡然地回答，口音不錯，聽得出來英語底子很好的，甚至沒有「中式英語」的痕跡，流利的程度好似在國外生活多年。

嘉華國際學校，從幼稚園就開始雙語教學了，從小培養語言環境。

國際班更是從幼稚園就開始招生，持續到高中，之後也會有一些學生被保送到合作的國外大學去。

就像國際四班，基本上全部都是外籍老師。

班級裡的學生大多是從幼稚園開始直升上來的，口語能力自然不用說。

等許昕朵回答完問題，魏嵐又回頭，小聲說：「加好友啊寶貝。」

「哦，好的。」許昕朵登錄聊天軟體後，掃了魏嵐的條碼。

加了好友後，魏嵐立即傳來訊息。

魏嵐：『（圖片）。』

點開圖片，看到他給她的備註是：寶貝親親。

她的嘴角直抽，魏嵐的前任不低於兩位數，這還是她不經常過來的不完全統計。

她一點都不想被魏嵐盯上，又不好說駁了兄弟的面子。

太難了……

許昕朵回家的路上，穆傾瑤一路上都沒有理許昕朵。

一回到家，穆傾瑤立即哭了起來，跑過去跟穆家父母告狀。

「爸爸，我從小到大都沒受過這種委屈，我太心寒了！」穆傾瑤撲到穆父的懷裡，大聲哭訴道。

「怎麼了？」穆父一驚，問道。

「我好心好意的帶許昕朵熟悉學校，結果她居然誣陷我，她去砸學校的鋼琴，然後告訴老師是我砸的。老師只看到我在蓋鋼琴的蓋子，就認為是我做的，罵了我好久。她怎麼那麼壞啊！怎麼可以誣陷別人呢？」

許昕朵聽著這些話，想著大概是童延又發火了，心中萬分無奈。

她經常經歷這種事情。

回到自己的身體裡，就聽說自己揍了學校裡的誰誰誰，許奶奶要帶著她登門道歉。

惹事的都是童延，挨罵的都是她，挨罵挨出經驗來，也是一種無奈。

許昕朵想傳訊息給童延，問問是怎麼回事。

結果剛剛拿出手機，就聽到穆父問：「昕朵，究竟是怎麼回事？」

「大概是個誤會吧……」

穆傾瑤立即高聲反駁：「她還說謊！她簡直就是一個謊話精！從來沒有一句實話，太討人厭了。」

穆父看到穆傾瑤氣成這個樣子，只能安慰她：「瑤瑤，妳別生氣，她剛來我們家裡，很多習性還沒改過來。早期的教育讓她的性格和修養上有所欠缺，這確實有點棘手。不過我們虧欠於她，就要忍讓一些，妳是姐姐，讓著她一點。」

把許昕朵接回來前，穆父曾經打聽過許昕朵的事蹟。

聽聞許昕朵經常惹是生非，還會口吐芬芳，脾氣時好時壞，十分古怪。

接到家裡來後，多半時間看起來正常，但還是會做一些莫名其妙的事情。

穆傾瑤不同意，更加委屈了：「為什麼要讓著啊，我為什麼就要受委屈……我們一家四口原本好好的，怎麼突然這樣了啊……」

提起這個穆父心裡就鬱悶。

原本是美滿的一家，居然鬧出這樣的事情來。

血親不能丟，養育了十幾年感情深厚的孩子更不能捨棄，讓他們陷入了兩難的處境。

在他們看來，穆傾瑤是無辜的，她什麼都不知道，可惡的是那個貪慕虛榮的女傭！

穆傾瑤突如其來知道自己不是親生女兒，能這麼乖巧已經不容易了，然而剛來家裡的許昕朵卻很不像話。

就像養不熟的狼，對他們不算尊重，對於他們給予的不知道感恩，對穆傾瑤更是不好。

許昕朵沒在意他們父女二人的苦情戲，獨自走進廚房，幫自己倒了一杯水。

穆父看向許昕朵，說道：「昕朵，跟妳的姐姐道歉。」

許昕朵喝了口水，隨後說道：「抱歉。」

穆傾瑤指著許昕朵繼續罵：「爸爸，你看看她啊，一點認錯的態度都沒了。」

穆父看向許昕朵說道：「昕朵，妳要和姐姐好好相處，妳們以後都是親人，知道嗎？」

「知道了。」

許昕朵說著放下空了的水杯。

她順手洗了杯子，走出來聽到穆父安慰穆傾瑤：「她畢竟是鄉下來的，品性和氣度都跟妳沒辦法比，妳讓著她一點。」

「都是您的女兒，為什麼我要受委屈？」

「唉，妳是懂事的孩子，別跟她一般見識，讓妳受委屈了。」

看到許昕朵走出來，穆父對許昕朵說道：「許昕朵，妳既然是我們穆家的女兒，我們也不會虧欠妳什麼。瑤瑤有的妳都會有，我們也會讓妳去學鋼琴，還有舞蹈，提升一下氣質也是可以的。」

「哦，可以。」許昕朵回應。

「這附近有一個補習班，我已經幫妳報名了，班裡有瑤瑤和小亦在，課程都是國內課本的課程，妳可以跟著聽一聽。如果哪天妳反悔了，想考國內大學也可以跟著考。」

「好的。」

許昕朵回答完，等了一下看穆父沒有其他要說的了，就回到房間，拿出書來看。

最近她迷上一本小說，還沒有人翻譯，她就直接看原文了。

看了一陣子後手機響起，是童延打來的語音電話。

許昕朵接聽後，聽到童延懶洋洋的聲音，從電話裡傳出來像在刮著她的耳廓：『好煩啊——』

許昕朵依舊在看書，隨意地問：「怎麼了？」

『我的紋身，被要求用遮瑕膏蓋上。』

「那就蓋上。」

『但是心煩。』

「那就不蓋。」

『不蓋不讓我比賽。』

「那……把脖子剁掉吧。」

『……』

童延也不糾結這個事情了，而是問她：『我真的搞不明白，為什麼妳能接受一個養女的身分？』

「我都是為了奶奶。」

許昕朵從小就沒見過所謂的父母，知道自己有一位外婆，但是外婆從來不見她。

她是被許奶奶帶大的。

兩個人相依為命這麼多年，感情深厚。許奶奶是一位非常慈祥的奶奶，被許昕朵認定為自己一輩子的親人。

只是許奶奶年紀大了，最近突然發病，家裡還偏僻，救護車許久都到不了。

那一次許昕朵才意識到應該給許奶奶換一個好的環境，至少要距離醫院近一些。

在許奶奶被搶救過來後，許昕朵幫許奶奶選擇了好的養老院，設備很好，服務也周全，這樣她在學校的時候，就有人照顧許奶奶了。

養老院旁邊就是醫院，距離也合適。

許奶奶到了城裡來，許昕朵也沒有理由自己留在村子裡。

剛好這個時候穆家這邊事發，她的那位外婆那當年偷偷把自己家的孩子與穆家的交換，她才是穆家真正的千金。

穆家來相認了，還許諾會善待許奶奶，之後許奶奶的費用穆家來出。

許昕朵欣然接受，並且搬到了城裡。

這樣距離許奶奶近一些，能夠經常去照看。

童延依舊不解：『可是養女的身分多委屈啊？』

「我就要讓他們內心虧欠於我。」許昕朵揚起嘴角冷笑，「一個身分而已，我並不在意，更何況我不想改名字。我來到這裡，那個假千金不肯走，肯定處處為難於我，只要他們內心對我有虧欠，就會加倍補償我，何樂而不為呢。」

一個借住的地方。

一群對她有虧欠的人。

對於許昕朵來說就是舒適的環境。

不錯。

第二章　嘉華學園

週末，許昕朵跟著穆傾瑤一同去了補習班。說是補習班，不如說是一棟單獨的別墅。

這棟別墅位於他們家附近，步行十分鐘左右可以到，不過穆家會開車將她們送過去。穆傾瑤和穆傾亦都有自己的專屬司機，方便他們隨時出行。許昕朵剛剛過來，只能跟穆傾瑤用同一位司機。

這棟別墅看起來和其他的別墅沒什麼不同，只不過門口立了一個雕塑牌匾，上面寫著補習機構的名字。

看來是有人在別墅區單獨買了一棟別墅，當作培訓班，專門培訓附近的豪門子弟。

走進去就會發現這裡還有很多個房間，進門後有人來接待她們，引著她們上樓。

許昕朵跟著到了三樓，被單獨帶去一個房間。這時走進來一位老師，手裡拿著試卷，客氣地問她：「妳就是許昕朵？」

「嗯。」

「妳第一天過來，我們需要對妳進行程度考試，妳先留在這裡把題目答完，我還要去上課，等一下會來收妳的考卷，時間大約是九十分鐘，可以嗎？」

許昕朵接過考卷粗略看了一眼，沒有任何疑議，點頭同意。

老師溫和地微笑，走出這間房間。

這間房間在走廊的盡頭，窗戶開著，窗外的風徐徐吹來，吹跑了放在桌面上的試卷。

許昕朵正在取書包裡的筆，看著卷子飛走還沒來得及去撿，身體便一晃。

童延突然出現在許昕朵的身體裡，看著周圍的環境覺得十分陌生。

他低頭看了看，發現書包放在腿上，似乎正在翻包。再看看周圍，只有面前有一個小桌子，沒有其他的東西了。

之前許昕朵在幹什麼？

為什麼會在這裡？

為什麼這個房間沒有其他人能給他提示？

他開始在身上摸索，想要找出手機。

拿出了許昕朵的新手機，發現許昕朵居然沒輸入指紋，臉部也無法開鎖。

嘗試手機密碼，發現根本打不開。

放棄掙扎後，他只能站起身來在房間裡走了幾步，想要看看這是哪裡，看了看發現大概是……許昕朵現在住的社區？

童延坐在窗臺上看著這個房間，忍不住焦躁地撓頭。

怎麼又強制切換了？

許昕朵和童延在七歲那年開始互換身體，起初兩個人都非常震驚。

許昕朵還算冷靜，先是確認身體，然後就是努力熟悉環境，不動聲色的努力去想究竟是怎麼回事。

童延先是恐懼，接著坦然接受，在村子裡亂晃，下水捉魚，上山打果子，玩得特別開心。

小時候，他們是強制切換身體的。

不定時，不定情況，甚至連交換的到身體裡的時間都不同，有時幾分鐘後又換回去，有時幾天都換不回去。

他們開始在自己的世界留下資訊，讓對方能看到，最後取得了聯繫。

兩個小孩通了電話後，得知了對方的事情，他們並未跟家裡的大人說，而是漸漸接受這件事情。

他們互換了自己的資訊，說了很多事情。

而且，他們還自己摸清楚規律，到後來身體互換已經可以控制了。只不過也有限制，就是他們一天最多互換四次。

換過去，再換回來，這算兩次。

他們可以在二十四小時內再互換一個來回。

最近兩年，兩個人已經可以隨意切換身體了，只要不超過次數，一般沒有任何問題。

只是兩年後突然強制互換，讓童延一時間措手不及。

他靜坐了一個多小時，也沒有人過來，他也沒出去，怕出現什麼紕漏，還是留在這裡比較安全。

比如許昕朵是正常進入這裡的，他如果出去問自己在這裡做什麼，就會引人起疑，按兵不動反而好解決一些。

直到腦子恢復了，感受到許昕朵在對面想要換過來，立即配合著再次互換身體。

許昕朵換回來後看到自己居然坐在窗臺上，不由得一愣，趕緊跳下來。

她拍了拍臉頰，有點受不了剛才的刺激。

她到童延的身體裡後，看到他在更衣室裡，周圍有十幾個男生正在換衣服，她簡直都要崩潰了。

不是在國外比賽嗎？

半個月的時間也待不住！

她走過去撿起考卷，看著空白的卷子只能趕緊回去坐下，拿出筆來寫題目。

卷子被風捲到櫃子下面，童延沒注意到也不奇怪，只是時間過去了這麼久，一共三張考卷，就算題目不算很多，她也需要加速了。

她快速寫著答案，浪費時間的題目先不寫，先把每張考卷簡單的部分答了。

時間所剩無幾，她每張只有八分鐘的答題時間。

老師走過來收卷子的時候，許昕朵也沒多留戀，很快交了卷子。

老師看了看，接著帶著許昕朵往教室走。

進入教室，許昕朵確定這裡是小班授課，因為教室裡加上她，才七個學生。就算加上當交換生未歸的穆傾亦，這個班裡也才八個學生。

教室中間擺著一個長型的大桌子，學生坐在桌子兩側。

老師指了一個位子，對許昕朵說：「妳坐這裡吧，這裡沒有人。」

許昕朵點頭，接著坐在位子上。

坐下後抬頭，就看到穆傾瑤和沈築杭坐在斜對面，兩個人冷冷地看著她。

她的正對面坐著一名男生，和她對視後對著她微笑，看起來性格十分溫和。

男生的皮膚有些病態的白皙，有幾分病弱的氣息，面容俊朗，彷彿傳說中的男神一般，模樣溫柔得不像話。

許昕朵跟他點頭示意了一下。

老師拿著許昕朵的卷子開始批改，之後寫上分數，說道：「還可以，都及格了，正確率也不錯，下次多答幾題。」

許昕朵點頭：「嗯。」

穆傾瑤聽到老師的評價，忍不住笑了出來。

都及格了。

這真的太誇張了。

他們的卷子題目不多，滿分一百。這些考卷他們也都寫過，大多都是九十多分，只有邵清和全部是滿分。

許昕朵居然只有才及格這種成績，有夠可笑的。

果然，在小鎮裡的高中就算是學霸，來這裡也跟不上。

沈築杭小聲跟穆傾瑤說：「她不交白卷就不錯了。」

「你別這麼說，她在鎮裡讀書成績還是不錯的。」看似在幫許昕朵說話，卻反覆提及她的生長環境。

兩個人的說話聲音雖然小，但是教室裡空，加上人數少，就顯得聲音有些突兀了。

老師立即說道：「安靜，我們開始上課吧。」

學生們也沒表示什麼，只是開始挪椅子。

許昕朵不解，卻也跟著挪椅子往後退。他們的椅子是滾輪椅，往後退就可以了。

等學生們都退開了，老師按下按鈕，原本的長桌變成一個V字型的桌子，向外展開。原本坐在最前面的學生，展開後就成了教室裡最邊緣的座位。

許昕朵和對面坐著的那個男生，就是最邊緣。

難怪這個位子會空著。

教室裡還有一個空位，那裡是穆傾亦的位子，此時沒人坐，卻是在V型展開後，最中間的位子，和穆傾瑤斜角相鄰。

許昕朵沒多在意，其實坐在哪裡對她來說無所謂，只是從書包裡拿出了筆記本和筆，開始認真聽課。

她注意到坐在她身邊的女孩子總是偷偷看她。

一次、兩次……已經第五次偷看她了。

她奇怪地看向身邊的女孩，就看到那個長相甜美的女孩又在偷看，被她看到的一瞬間扭頭過頭去，模樣慌張又狼狽。

許昕朵沒在意，繼續聽課。

身邊的女孩子小心翼翼地捂住心口，然後拿出手機打字傳訊息。

許昕朵在記筆記的時候注意到女孩子的小動作，湊過去小聲問：「妳沒事吧？」

女孩子連連擺手：「沒……沒事的。」

許昕朵便沒再問了。

婁栩覺得心跳加速。

她很喜歡看長得好看的人，看到了會覺得心動。

她覺得這個補習班簡直就是人間天堂，有穆傾亦在，有邵清和在，簡直要命。

學校裡，穆傾亦是校草，邵清和也是女孩們喜歡的風雲人物。

他們湊在一起補習，絕對是豪華陣營，和他們一起上課簡直是一種享受。

現在教室裡又來了一個大美人，婁栩心動得要命，尤其是大美女還跟她主動說話了，還關心她！

不必如此，妳獨自美麗就可以了，不用理我！

婁栩開心得都要沸騰了。

趕緊用手機傳訊息給朋友：『我看到一個大美女，活的！美到我不敢大聲呼吸！』

邵清和聽課的時候身體往後靠，微微側頭就能看到跟他在同一條平行線上的許昕朵。

他看著許昕朵的容貌，再想想穆傾亦，最後看向穆傾瑤，忍不住揚起嘴角。

這家人，還真是有意思。

老師的考卷隨手放在他的身側，他伸手拿過來，看到許昕朵的卷子。

許昕朵的字寫得很工整，字體似乎專門練過，標準的瘦金體。

他看了看許昕朵的答案，隨之揚眉，眼神裡多了些許戲謔的意思出來。

許昕朵確實答的題目不多，然而只要答了的，全部都是正確的。

而且，她似乎刻意算過分數，每一科只要達到了及格的分數，她就不寫了，以至於每一科都只有及格。

如果她後面的題目也答了，大概也不會錯吧？

為什麼不答？

他托著下巴想得有點多，覺得穆家最近恐怕會很有意思，於是將許昕朵的卷子折起來，無聲無息地折成一個紙飛機，丟進教室的垃圾桶裡。

那就隱藏著吧，這位——「養女」。

♫

下課後，許昕朵被叫去辦公室。

補習機構有自己的流程，需要跟許昕朵介紹一下，並且還會有原創的教材、試題，需要許昕朵領。

教室裡的其他學生會留在這裡一起吃午飯，只是此時午飯還沒送過來。

沈築杭看到許昕朵走了就忍不住抱怨：「這個鄉巴佬怎麼這麼煩，哪裡都有她。」

穆傾瑤跟著期期艾艾地嘆氣道歉：「對不起，都是我引起的，給你添麻煩了。」

「我都不知道妳父母怎麼想的，收養這麼一個養女，讓妳受那麼多委屈。而且，這個養女還總來煩我。」

教室裡還有其他學生，聽到這話抬頭看向他們兩個人好奇地問：「怎麼回事啊？」問話的是穆傾瑤的好朋友路仁迦，兩個人都是嘉華國際學校火箭班的學生，住得很近，平時也一起補課，關係算是最好的。

最近確實聽說穆家來了一位養女，看到穆傾瑤心情不好，也就不敢多問。

今天他們說起來，便好奇地問了一句。

沈築杭冷笑了一聲說道：「這位養女聽說瑤瑤有未婚夫，還沒見過我呢，就想要搶過去。先是為了我轉到國際四班。英語課的老師都不一定多專業的學校，這樣的基礎敢這麼做，也是豁出去了。這也就算了，現在補習班她還來。」

「我的天啊……」路仁迦忍不住感嘆，「這也太極品了吧？還想當小三嗎？」

沈築杭厭惡到不行，煩躁地用手指敲擊桌面：「我已經明確的拒絕過她了，她還跟我裝瘋賣傻，也不知道是不是小說看多了，覺得賣蠢可以引人注意，我只會覺得很噁心好嗎？」

教室裡另外一名男生甄龍濤忍不住羨慕起來：「厲害啊杭哥，那麼漂亮的女生惦記你呢，想想就覺得心裡美滋滋。」

他在許昕朵進教室的瞬間，眼睛都直了。

沈築杭立即反駁：「很煩，好嗎？」

正在看書的邵清和突然開口：「可是，她是怎麼知道這個補習班的呢？」

邵清和的性格一直都是溫溫柔柔的，說話的時候聲音不徐不緩，慢悠悠輕飄飄的，卻柔進了人的心坎裡。

穆傾瑤微愣，隨後小聲回答：「爸爸幫她報名的。」

邵清和點頭，隨後說道：「所以，是令尊幫她報的班，而非她主動來的？」

穆傾瑤不回答了。

邵清和扭頭看了穆傾瑤一下子，算是得到默認，接著對沈築杭說道：「既然如此，築杭大可不必擔心，她不是為了你而來這裡的。」

沈築杭聽到這句話後多少有點難堪，卻還是說道：「我來這個補習班只是為了陪瑤瑤，她既然上了國際班，來這裡補習做什麼？」

邵清和覺得沈築杭說得在理，所以問穆傾瑤：「令尊幫她報名的時候是怎麼想的？」

穆傾瑤不想回答，那樣會讓沈築杭難堪，她現在特別急迫的想要讓大家討厭許昕朵，所以只能委婉地回答：「她總是和我爭，我有什麼，她就要什麼。」

其實穆傾瑤的心思非常簡單。

她覺得許昕朵的到來是一種危險，讓她陷入不安。

她最怕的就是許昕朵會搶走沈築杭，她很喜歡沈築杭，沈築杭本身也十分優秀，她不可能捨棄。

她努力讓沈築杭討厭許昕朵，越討厭，她越安全。

還有就是，她不想被許昕朵比下去，迫切的想要證明自己。

一次次的小心思，都是想讓父母知道，自己比許昕朵優秀，比她有教養。豪門裡長大的孩子，是許昕朵這種村子裡長大的孩子比不了的。

還是自己親手養大的孩子好。

一切都源於不安與憤恨。

路仁迦忍不住問：「她有什麼資格爭啊？不過是個養女，來家裡幾天就這麼作做？該不會是個傻子吧。」

甄龍濤也跟著問：「她是不是特別迫切的想要找個男朋友，只要家裡有錢，她肯定會撲過去跪舔吧？」

路仁迦跟著說：「肯定的啊，她都能當養女呢，還有什麼不要臉的事情幹不出來？這種女孩子給她點錢，讓她幹什麼都行，根本沒有尊嚴。」

婁栩看著他們忍不住蹙眉，覺得很討厭。

她不瞭解具體的事情，只是覺得許昕朵長得漂亮，對許昕朵的第一印象很好。

她一直在偷看許昕朵，許昕朵上課的時候全程都沒理沈築杭，沈築杭怎麼好意思說那些話呢？

挺不要臉的。

呸。

這個時候許昕朵回來了，在自己的位子坐下，手裡還拿著手機回訊息。

童延：『妳手機的解鎖密碼是什麼啊？』

許昕朵：『你總是記不住我的密碼，我就改成六個一了，還沒來得及告訴你。』

這時甄龍濤突然主動跟許昕朵搭話：「欸，許昕朵是吧，妳有男朋友嗎？」

許昕朵眼皮都沒抬，冷淡地反問：「有事嗎？」

甄龍濤笑著問她：「妳要不要做我女朋友，我家裡挺有錢的，每個月都可以買包包給妳，要不要考慮一下？」

甄龍濤問完，其他人都在等著看許昕朵的笑話。

這個鄉巴佬大概會受寵若驚吧？

誰知，許昕朵嫌棄地看了甄龍濤一眼，隨後「嘖」了一聲，不理。

在許昕朵看來，她要住在穆家一段時間，還會稍微理睬一下穆家父母。但是親屬關係她全部懶得搞，畢竟也沒什麼親情可言。

現在坐在這個教室裡的人，她都懶得理。

你誰啊？我考慮你？

第一次見面就問這種問題，還是這種語氣，許昕朵不打人就不錯了。

甄龍濤不解地問：「怎麼？妳哪裡不滿意？我家裡可是……」

他正要自報家門，就聽到許昕朵說道：「不需要，不會考慮。」

甄龍濤還是不死心，繼續問：「怎麼？我家裡可不比他們沈家差，還是說妳有什麼其他的想法？」

許昕朵沒回答，按了手機裡童延傳來的語音訊息，只有一句簡單的話：『我真是服了妳了。』

她打字回答：『為你著想。』

回完訊息，看到屋子裡其他人還在看自己，突然有點煩，起身朝外面走出去，想去窗邊透透氣。

路仁迦突然說道：「剛才語音的聲音有點像延哥。」

路仁迦追童延許久，童延都不理她，但是這不耽誤她喜歡童延。

剛才聽到手機裡的訊息聲音，路仁迦的心裡「咯噔」了一下。

沈築杭第一個反駁：「不可能，那個鄉巴佬才進城沒幾天，最近延哥都在國外參加比賽，沒有回來。大概是她在鄉下的男朋友？」

說著，突然冷笑了一聲：「不過，等延哥回來有她受的，她居然不知死活的坐到延哥的座位旁，延哥最討厭別人靠近自己。」

路仁迦這才鬆了一口氣。

對啊，許昕朵怎麼可能會認識童延，就連穆傾瑤都沒和童延說過幾句話，許昕朵怎麼會有資格？

甄龍濤則是滿心不爽，那個鄉巴佬怎麼好意思拒絕他？他願意說句話戲弄她，都是給她面子了，要不是看她長得還不錯，他都不會理她。

甄龍濤冷哼：「原來是已經有男朋友了？過不了多久就會甩了那小子做我的舔狗。」

穆傾瑤故作為難：「別了吧。」

沈築杭卻很感興趣：「行啊，你可要加油，別讓她再來煩我了。你要是成功了，我送你一輛摩托車。」

一直旁聽的婁栩突然說道：「別單方面的啊，你們要是不成功，你們送許昕朵什麼吧。」

邵清和跟著說：「嗯，這樣的話要加個期限吧。」

另外幾個人搞不明白這兩個人究竟是哪邊的。

甄龍濤還來了脾氣，說道：「不成功，我送她一個愛馬仕，期限三個月。」

♫

許昕朵補完課回到家裡，正在看小說的時候童延傳來了視訊邀請。

許昕朵接通後，把手機放在手機支架上。

童延在視訊那邊擦頭髮，隨手拿下毛巾看了看許昕朵，懶洋洋地問：『有沒有被欺負？』

「我懶得理他們。」

童延笑了笑，沒有濾鏡的視訊通話畫面，隨便定格都像雜誌封面。

童延是一個自帶妝感的少年，被評價為漫畫裡走出來的人物。

他有一雙劍眉，眉眼俊朗，眼周彷彿塗過眼影，睫毛也像是種的一般。

最值得一提的是他的唇色，出了同樣的口紅色號都怕會成為斷貨王。

童延可以稱之為視覺系妖孽，就連許昕朵在他的身體裡時照了鏡子，都忍不住多看幾眼。

之前總被童延利用，不是被罵就是去參加各種嚴苛的訓練，她心中也會不悅。

每當這時她就會用童延的身體換衣服，照鏡子，再換，再照。

看著看著，就消氣了。

他站起身來，在鏡頭前坦然地脫下浴袍，拿來衣服套上，同時還在吐槽：『還不是妳，非要參加比賽，不然我現在是不是在國內陪妳了？』

許昕朵看到那具身體基本是麻木的，心中沒有什麼波瀾，卻不耽誤她多看幾眼。

她只是冷淡地說：「為國爭光。」

童延直嘆氣，當初不過是讓她幫自己上鋼琴課，結果這位姑奶奶用他的身體衝出國門，走向世界了。

亞洲級鋼琴比賽，他都成了奪冠熱門選手了。

他的肩膀上披著格子披肩，坐在手機前盯著手機裡的許昕朵看，單手撐著臉，突然想笑：『這麼多年都沒想過有朝一日會跟妳一起上學，還是隔壁桌。』

「有什麼用，隔壁桌不也是看著你在我身邊睡覺。」

『不會，我努力堅持幾天，馬上就回國了。』

♫

週一，許昕朵走進學校就感受到一種特別的待遇。

她感覺自己被圍觀了。

上一週她是在週三那天轉學過來的，轉來時還算低調，也基本不出教室，所以關注她的人還不多。

會注意她的，都是穆傾瑤那個小圈子的人。

但是，漸漸的，嘉華國際學校開始出現關於許昕朵的傳言。

嘉華國際學校，成績好的，諸如火箭班的學生，課業成績是真的好。

成績不好的，諸如國際班、直升班的學生，成績跟紙糊的一樣。平時口語流利還能看，一考試就著火，火燒連營一般帶來毀滅性災難。好在，國際直升班的學生們有著自己的傳統，就是火後還能生命不息地自癒。

這些學生，無論成績好壞，都有一個共同特點：熱愛八卦。

念書累了，看看八卦緩解一下吧。

閒得蛋疼，就看看八卦解悶吧。

這樣，許昕朵這個轉學生悄無聲息地紅了。

嘉華國際學校的手機APP和校園卡是通用的，很多人乾脆不帶卡了，用APP就可以在福利社裡買東西，在學生餐廳刷卡，還能在圖書館裡借書。

這也使得學生的手機裡，必有校園APP。

校園APP主頁面最下方，就有校園論壇，點進去可以看到嘉華風雲。

許昕朵，穆家新收養的養女，因為和穆家人長得很像加身世可憐，被穆家父母收養。

這是對外說的情況。

許昕朵來了之後，有人拍了一張她坐在書桌前看書的側臉照。那張厭世臉彰顯著這個人的不好親近，卻不能否認她的美麗。

那人用這張相片發表文章：「我們學校的現任校花是不是能選出來了？」

嘉華國際學校的校花十分難選，主要是因為前面兩任校花實在出彩，一個美豔動人，一個純情初戀臉加各種才藝，她們是校花沒人質疑。

這兩位畢業後空了幾年沒有人再被稱之為校花過，實在是比不上。

現在，這件事情又被人提起了。

一樓：『我覺得不行，穆傾亦一直都是校草兼任校花，論美貌，其他人都是垃圾。』

二樓：『她憑什麼當校花？就憑她跟亦亦有三分相像嗎？』

三樓：『亦亦不高興，氣急敗壞地對你大罵：蠢貨！走開！煩死了！』

四樓：『樓上哈哈哈哈，我腦子裡有畫面了。』

十六樓：『難道只有我一個人覺得很奇怪嗎？以前就覺得穆傾亦和穆傾瑤是龍鳳胎，但是沒有一點像的，直到我看到了許昕朵，心中突然感嘆：這才是龍鳳胎好不好。』

十七樓：『以前我很討厭「只有我一個人覺得」這種話，但是今天，我贊同。』

十八樓：『的確，我們又不瞎，穆傾瑤和穆傾亦這對龍鳳胎真的有點潦草。』

十九樓：『別亂猜了好嗎？都說了，就是因為長得像才收做養女的！說這些話的是孤兒嗎？』

三十九樓：『怎麼還罵起來了？怎麼不動腦子想一想，有點良心的都不會說親生的是養女好嗎？你們的猜測都不符合邏輯。』

四十樓：『你們都沒注意到許昕朵坐在延哥的座位上了嗎？』

四十一樓：『提及延哥，刪文預警。』

四十二樓：『散了吧散了吧，從提起延哥的那一刻起，這篇文就沒了。』

五分鐘後再更新，那個文章已經不見了。

接著有人發文：「啊啊啊，誰能傳給我許的側臉圖，我沒存呢！」

一樓：『你要許昕朵的圖幹什麼？』

二樓：『寂寞存糧？』

三樓：『我靠哈哈哈哈。』

一分鐘後，文章沒了。

婁栩早早來到學校，在國際四班門口徘徊，不想被沈築杭注意到，又想叫許昕朵出來，非常糾結。

她看到魏嵐立即叫了一聲：「欸！小圍欄。」

聽到這個綽號魏嵐不想理她，不過最後還是走了過去，身體斜靠著牆壁，不耐煩地看著她，問：「怎麼？找我有事？」

婁栩如果不是走投無路，也不會求魏嵐，此時眼睛都不看他，盯著牆壁說道：「你幫我叫一下許昕朵。」

「妳認識我們家朵朵？」

婁栩詫異地看向魏嵐，本來就大的眼睛，此時更是睜得老大，詫異地問：「你家的？」

「早晚……」

婁栩立即鬆了一口氣：「那就行。」

魏嵐覺得自己被小看了，不服氣地說道：「我遲早能追到。」

「幫我叫一下吧。」說著還特地拽了一下魏嵐的袖子，叮囑，「低調一點。」

魏嵐覺得婁栩的腦子不太清醒，明明是火箭班的，怎麼不太聰明的樣子？

「妳都出現在我們班門口了，還低調得了嗎？」

「那怎麼辦啊？」

「什麼事妳說吧，我幫妳轉告。」

婁栩審視魏嵐好幾眼，引得魏嵐一陣不爽，說道：「我坐她前面，我們整個教室裡只有我有她的聊天好友。」

許昕朵這個人實在太冷淡了，主動和她聊天她也不太理，整日懨懨的，倒是符合她那張臉的氣質。

轉學幾天了，也沒有交到朋友，一直獨來獨往的。

婁栩這才說道：「我們補習班裡的甄龍濤打賭追她呢，最近都會大獻殷勤。我覺得這種行為非常噁心，想告訴她一下，別出糗了。」

魏嵐聽完揚眉。

他不認識甄龍濤，但是覺得耳熟，這傢伙在嘉華國際學校也挺囂張的。只不過從來不敢招惹國際班的，尤其是童延他們。

他聽說過甄龍濤的事情，長得只能算是中上，個子挺高的，一身腱子肉，現在是普通班二班的。

「和誰打賭？」魏嵐又問。

「沈築杭！」接著婁栩重複了沈築杭在補習班裡的話，把魏嵐逗笑了。

「真能裝……」魏嵐笑了笑後點頭，「好，我知道了，我幫妳轉告。」

婁栩說完就跑，魏嵐也沒多留直接回到教室裡。

進去時許昕朵也剛回來不久，面前放著學校的路線地圖，正在熟悉路線，其實是在努力記住廁所的位置。

她今天又差點習慣性地走進男廁所，這真的是一個嚴重的問題。

魏嵐走進來，坐在許昕朵前面，轉過頭傳話給許昕朵。

許昕朵聽完，拄著下巴朝沈築杭看過去，隨後問魏嵐：「他是不是有點毛病？」

魏嵐跟著笑：「我也覺得，妳準備怎麼應對？」

「懶得理。」

♫

甄龍濤開始追求許昕朵了。

追得轟轟烈烈，大大方方。

比如許昕朵在學生餐廳裡吃飯，甄龍濤會突然坐在她的對面。

比如換教室的選修課時，甄龍濤會突然進入許昕朵所在的教室，坐在許昕朵身邊。搞得許昕朵有點煩。

嘉華國際學校的上課形式屬於多元化教學，普通班是走班制，國際班則是有選修課。有一些稀奇一點的課程，則是兩種班都可以選的，比如外語課。

有時沒有選這門課，也可以進入教室跟著旁聽，老師不會趕人。

多媒體大樓還有興趣班，舞蹈、樂器、圍棋、書法等等，全校都可以報名，甚至會有不同年級的學生混著上的情況。

所以對於他們來說，班級的概念很低，沒有其他高中那麼有集體感。

許昕朵在聽經濟課的時候甄龍濤來了，這是普通班不會上的課。

只有國際班的學生才會聽西方經濟學這門課，留學才會學這個。

甄龍濤坐下之後，注意到許昕朵的手垂在身側，於是不動聲色地跟著垂下手，手背不經意地碰到許昕朵的手指，接著一點點靠近。

許昕朵倒是比甄龍濤還主動，直接握住了甄龍濤的手。

她的手指纖長，握著他的大手卻顯得嬌小。

甄龍濤不由得一喜，心想果然是鄉巴佬，經不住誘惑。

結果老師剛轉身寫板書，許昕朵就握著甄龍濤的手一擰，讓甄龍濤的手臂以一種詭異的角度扭轉，身體下意識地轉過去減輕疼痛。

他正要驚呼出聲，便被許昕朵一腳踢了出去。

選修課教室裡都是小課桌，桌面只能放一本書，椅子也很小，圓形的，使得許昕朵踢得特別輕鬆。

甄龍濤狼狽地倒在地面上，回頭就罵：「我靠，你他媽的……」

許昕朵一臉疑惑地看著他，驚呼一聲：「呀！你怎麼了？」

甄龍濤發誓，這是他見過許昕朵以來，她說過最有女人味的一句話。雖然婊裡婊氣的，但是真的很嬌嗔。

好像真的跟她無關一樣。

他看著許昕朵那綠茶到極點的模樣，竟然有點愣住了。

許昕朵看到老師朝他們看過來，指著甄龍濤說：「He fell down all of a sudden. Shall we take him to the infirmary?（他突然摔倒了，我們要帶他去醫務室嗎？）」

許昕朵話多，必有反常。

許昕朵一般不多說話，開口必定在使壞。

這個臭娘們壞得很。

外文老師問了一句英語，甄龍濤沒聽懂。

外文老師一句中文都不會說，並且語速很快，不會照顧任何人，跟不上就聽不懂。

尤其講課的時候，一些名詞是普通班沒教過的，真的跟聽天書一樣。

甄龍濤瞬間膽怯了，想要重新坐回去，結果被許昕朵盯著，並且看到許昕朵對自己微笑，他竟然瞬間怕了。

他擺了擺手，接著挪到教室最後面坐著，又過了十幾分鐘，他蹺課了。

甄龍濤走後，教室裡旁觀的其他學生突然竊笑出聲。

不是國際四班，對許昕朵不熟的學生小聲嘀咕：「這個轉學生好颯啊。」

「超帥的。」

「她婊得我好喜歡啊……」

魏嵐也在這個教室裡，看完跟身邊的人小聲說：「我就喜歡這樣的。」

「只要長得好看，什麼樣的你都喜歡。」

「你總結得非常對。」

第三章　他們的秘密

婁栩住校，晚飯會在學校裡吃。

她在學生餐廳裡吃完飯，往單人宿舍走，剛走到她的寢室所在樓層，就看到許昕朵在寢室門口。

她的寢室距離樓梯挺遠的，但是婁栩還是一眼就看出來那人是許昕朵，實在是許昕朵一百七十五公分的出眾身高，加上那兩條大長腿十分好認。

她緊張了一瞬間，縮回樓梯拿出手機，打開前鏡頭理了理自己的頭髮。

確認儀表沒有問題她才走回去，到了許昕朵面前問她：「妳在等我嗎？」

許昕朵看到她後笑了，點頭問：「我可以進去嗎，我等了半個小時了。」

婁栩趕緊拿出鑰匙開門，有點抱歉地說：「我和我朋友吃完飯喜歡聊天，沒想到妳會等我。話說回來，妳找我有什麼事情嗎？」

許昕朵其實也沒什麼事情，伸手遞給婁栩一根糖葫蘆：「買給妳的。」

婁栩拿著糖葫蘆覺得有點奇怪，看著許昕朵等解釋。

許昕朵介紹道：「這家的糖葫蘆很好吃，我每次過來如果有時間，就會去買一串，都沒有籽，而且山楂都是精選的，很好吃。」

「哦……謝謝。」婁栩有點不懂，卻還是收下了。

每次過來？

許昕朵才轉過來幾天？

許昕朵說道：「我知道妳來告訴我的事情了，特地買來給妳，想把我最喜歡的東西分享給妳作為感謝。」

婁栩是一個非常容易心動的人，她的心動也非常有原則，她是外貌協會，長得好看就會心動。

這一次心動，居然是覺得被許昕朵撩了一下。

婁栩紅著臉回答：「其實只是小事，我就是看不得他們那種德行。」

許昕朵非常珍惜這種萍水相逢的好意，所以才會特地來感謝婁栩。

許昕朵依舊對著她微笑，問她：「妳叫什麼啊？」

「婁栩，栩栩如生的栩。」

「哦，原來小可愛叫這個名字啊，我叫許昕朵。」

婁栩又不好意思了，忍不住說許昕朵：「妳怎麼和魏嵐一樣油嘴滑舌的？」

「有嗎？」許昕朵還真的不覺得，是不是和魏嵐相處久了，不知不覺間學了一點？

「有的，我瞭解他。」

「哦……你們是國中同學？」在嘉華國際學校裡，一起直升上來的人太多了。

「我是他前女友。」婁栩拿著糖葫蘆吃了一口，坦然地說道。

一點也不意外。

許昕朵知道魏嵐有多花心。

婁栩突然想到什麼，問許昕朵：「他在追妳吧？妳想玩玩的可以和他試試，他可會哄人了。但是動真心的那種，別找他，讓他滾。」

許昕朵對於婁栩這完全不在意的模樣挺震驚，不由得問：「他傷過妳？」

婁栩吃著糖葫蘆搖頭：「沒，我沒認真，只是覺得他長得好看，大概是這些長得好看的男生裡，唯一一個能跟我談戀愛的了。我看到他那張臉，就想親兩口。」

許昕朵聽得目瞪口呆的：「這也可以？」

「對啊，他長得好看，就算沒多久就分了我也不覺得虧了。」她想了想又補充，「不過我不是那種隨便的女孩子，只有交往過這麼一個男朋友，我是一個非常有原則的女孩子，只跟長得好看的男生談戀愛。」

許昕朵覺得自己真的是村裡來的，不懂現在的年輕人。

不過，她還是覺得很有意思，忍不住讚賞：「嗯，妳非常有自己的想法。」

「不值得提倡。」婁栩說得義正言辭，「我想提醒妳，也是覺得妳長得好看。」

這個孩子真的是……太誠實了。

這都是什麼虎狼之詞？

婁栩發現許昕朵有點震驚，就沒再說下去，其實只要許昕朵同意，她也可以和許昕朵談。

只要許昕朵不毀容不長殘，她們交往之後許昕朵同時交十個、八個男朋友她也不會在意。而且，和許昕朵吵架了，她都能看著許昕朵的臉自己抽自己。

只要長得好看，就行。

許昕朵感謝完，休息一下就準備離開了。

婁栩送她出門的時候問：「我可以加妳的聯絡方式嗎？這樣就不用再去班上找妳了。」

「可以啊。」許昕朵倒是不在意，直接和婁栩掃條碼互相加了好友，然後離開。

婁栩興致勃勃的拿著手機，快速打開許昕朵的帳號，想要欣賞盛世美顏的相片，結果許昕朵沒有任何可見的動態，只有一張相片。

拍的是夕陽，還沒配文字。

婁栩忍不住嘆氣，她如果有許昕朵那張臉，肯定每天都沉迷於自拍，這群長得好看的人怎麼就不知道好好利用自己的臉呢？

第二天下午自習課，學校停了興趣班，每個班級都留在教室裡，打開投影機，播放亞洲鋼琴比賽的直播現場。

今天本校的童延同學參加總決賽。

這無疑是為校爭光的大事，學校非常重視這場比賽，就連看直播都成了強制性的。

許昕朵手裡拿著手機，抬眼看大螢幕，裡面其他選手正在彈奏。

直播方是國內平臺，當然更注重本國選手，時不時會給童延鏡頭，看他此時的狀態。

大螢幕裡出現童延那張妖孽到極致的臉，手裡拿著手機，時不時看一眼，隨後看向正在比賽的選手。

不知是不是大螢幕給人一種看電影的感覺，在螢幕上看到童延的面孔，就覺得這是電影裡男主角一樣的人物。

他是桀驁不馴的，帶著少年的張揚，眼神裡充滿了自信與戲謔。

優雅的樣子，就像古典電影裡的吸血鬼，是最迷人的，也是最危險的。

班級裡還有女孩子小聲感嘆：「啊啊啊，延哥好帥啊。」

「平時都不敢正眼看他，第一次這麼仔細的看。」

「顏值太能打了，這麼大的大螢幕都找不出什麼瑕疵來。」

許昕朵看著手機裡的訊息：『啊啊啊，好煩啊。』

再看看螢幕上的少年，很難想像他居然這麼優雅地傳了這一行字。

許昕朵打字回覆：『緊不緊張？』

童延：『反正也不是我比。』

許昕朵：『換過來吧。』

童延：『好。』

螢幕上的童延身體一晃，隨即從翹二郎腿變為端正坐姿，同時活動自己的手指。

與此同時，童延到了許昕朵的身體裡，抬眼看著大螢幕，發現居然在教室裡看直播，不由得一愣：「我靠……」

學校要不要這麼誇張？

他難堪得直捂臉，有點受不了。

比賽是許昕朵非要去參加的，用她的話來說是以琴會友，而且用他的身體參加比賽不會被起疑。

童延只能同意，這些年過去了，他的房間裡放著大大小小各種獎盃。

搞得周圍的人都覺得他有多優雅，其實他煩得很。

這個時候魏嵐轉過頭來跟他搭話：「這個就是妳的隔壁桌，童延，一看就是非常龜毛的一個人。」

童延抬眼看向魏嵐，眼神瞬間一變。

我不在國內的時候，你就是這麼說我的？

魏嵐早就習慣許昕朵不愛說話了，繼續聊天：「我們延哥要是脾氣好一點，不至於風評這麼差。」

「是嗎？」童延冷淡地回應。

「是啊，如果妳稍微可愛一點，肯定特別多人追妳，也不至於被甄龍濤那種傢伙纏著不放。」

童延還不知道這件事，不由得揚眉，隨後仔細回憶。

甄龍濤是誰？

魏嵐湊過來繼續說：「不過說起來，我還有點羨慕甄龍濤，至少牽過妳的小手了，我還沒牽過呢。」

說著伸出手來，想要碰碰「許昕朵」的手。

童延立即收回手，嫌棄地看著魏嵐的同時，腦袋裡立即炸了。

什麼情況？還牽手了？

他和許昕朵之前見面的次數屈指可數，一次是他把許昕朵接出來，偷偷幫她過十六歲生日；一次是許奶奶身體出問題，進醫院搶救。

這兩次，他和許昕朵沒有任何身體接觸，匆匆見面，匆匆分開。

他還沒碰過的手，被那個叫甄龍濤的牽過了？

童延氣得用許昕朵的身體左手握右手了一下，以此解氣。

甄龍濤到底是誰啊？

這個時候教室裡傳出小聲議論：「延哥要上臺了！」

「啊啊啊，好帥！」

「彈什麼啊？」

「〈鱒魚〉。」

輪到「童延」上臺演奏了，魏嵐轉回去，認認真真的看比賽。

教室裡難得安靜，大家都在看螢幕上的少年彈奏，此時學校中所有教室裡，都在看著這個畫面。

鋼琴曲可以用美來形容，無論是旋律，還是畫面。

螢幕中的少年優雅且從容，視覺衝擊感很強的五官，給人一種薔薇花的感覺，濃豔的，華美的。

等彈奏結束，魏嵐再次回頭說道：「延哥一如既往的穩。」

然後就看到那個漂亮的女孩子在快速翻手機。

他探頭看了看，發現「許昕朵」在翻同學錄。

「那個甄什麼的，哪個班的？」童延問道。

「高二二班。」

童延打開高二二班的列表，找到甄龍濤的相片看了一眼，接著說道：「帶著蘇威他們跟我過來。」

魏嵐：「？？？」

童延打算去自己的櫃子裡取出棒球棒來，內心還有一個聲音說：毀滅吧，渣渣！

結果伸出手看到自己纖細的手指，動作一頓。

他回頭看著大螢幕，看到畫面裡自己的身體拿起了手機。

他又回到座位，看到了訊息：『換回來嗎？』

他終於回過神，打字回覆：『自己得的獎，自己領。』

許昕朵打字提醒他：『好，最近我不會和穆傾瑤一起回家。』

他打字飛快，問道：『怎麼了？』

對面回覆：『最近她幫一個叫甄龍濤的人追我，故意不讓我上車，讓甄龍濤送我回去。我懶得理，都是自己搭車回去。』

他看著手機，心中了然，這個甄龍濤會在放學後出現？

魏嵐還在好奇：「小朵朵是有什麼事嗎？」

什麼鬼稱呼？

「沒有。」

♫

童延在放學後，揹著書包往洗手間走，走到門口腳步一頓，接著朝著女廁所走。

他現在進入女子專區已經很淡定了。

走進洗手間裡，他掀起裙子看了一眼，確定許昕朵今天穿了安全褲便推門走出去。

女生真麻煩，不穿安全褲都不好施展。

走下嘉華學校充滿少女心的彩虹色樓梯，童延拿出手機看了一眼時間，接著有人走到他身邊。抬頭看去，看到了APP學生錄上的那張不怎麼樣的面孔。

甄龍濤看到許昕朵也沒什麼好表情，畢竟許昕朵之前讓他十分難堪。

他看著許昕朵低聲說道：「妳這麼不識抬舉的女生，我還是第一次見。」

童延看著甄龍濤，上下打量一番後，繞過他走開，卻問：「車在哪裡？」

甄龍濤一愣，跟上許昕朵後問道：「妳又要耍什麼花招？」

「回家。」

甄龍濤確實想發怒，卻也記得和沈築杭的賭約，帶著許昕朵往校門口走，指引許昕朵上了自家的車。

許昕朵直接上了副駕駛座。

甄龍濤看了看後，還是坐入後座。

不遠處的車旁，穆傾瑤見到這一幕，從許昕朵和甄龍濤一起從學校裡走出來，就一直看著他們兩個人。

她笑著跟沈築杭說道：「那個養女果然上鉤了。」

「她之前不過是做做樣子，讓龍濤覺得她很難追，之後還不是中招了？」

穆傾瑤於心不忍的樣子，小聲問：「我覺得甄龍濤肯定會狠狠的……戲弄她一番，我要不要提醒甄龍濤一下啊？讓他別太過分了。」

「妳就是心腸太好了，才會受這麼多委屈。其實根本沒必要，畢竟都是這個養女自願的，我們回家吧。」

「好。」穆傾瑤坐在車裡後，沒有之前糾結的模樣了，還用手機錄下許昕朵上了甄龍濤的車的影片。

♫

童延看到車子開到了小公園外，突然說道：「停一下車。」

司機將車子緩緩停在路邊，甄龍濤問：「妳幹什麼？」

「我想去走一走，你先回去吧。」童延說完就下了車，不急不緩地往公園裡走。

他沒有回頭，聽到身後關車門的聲音，果不其然，甄龍濤跟了過來。

他就知道。

甄龍濤跟著童延並肩走在公園裡，甄龍濤看著周圍不解地問：「妳來這裡幹什麼？」

「走一走，透透氣，我在老家的時候習慣每天散散步，這裡正好合適。」

甄龍濤對這種環境不太感興趣，只是看了看許昕朵。

夜幕剛落，路燈尚未開啟，濛濛光亮下，她安靜看著遠處的側臉近乎完美。

甄龍濤看了看後，開始調整自己的心態，說道：「我知道我突然追妳這件事情非常莽撞，我只是一見鍾情，內心急切了點。妳如果和我在一起，我一定會對妳很好，一直護著妳。」

童延聽著，覺得這些話一點技術含量都沒有，都沒有魏嵐的夢話好聽。

甄龍濤覺得自己說得特別好。在他看來，許昕朵剛來穆家，最缺的就是一個能給她安全感的後臺。

如果他願意做許昕朵的依靠，肯定可以趁虛而入，好追很多。

她急迫需要什麼，他就許諾她什麼，想不動心都難。

「我知道妳剛到穆家很不習慣，我對穆家也算熟悉，跟穆傾瑤、穆傾亦的關係也不錯，我們都是一起長大的。妳以後在家裡出了什麼事情，我也可以幫忙一下，會讓這兩個人照顧妳。以後，妳只要有事情就來找我，我都會幫妳擺平。」

這夠真摯了吧。

夠讓這個鄉巴佬心動了吧？

童延扭頭看向甄龍濤：「你喜歡我什麼？」

這就是動搖的徵兆嗎？

「妳……很漂亮。」甄龍濤這句話說的倒是真心。

很漂亮，漂亮到他此時心跳都有些加速了。

「沒了？」童延又問。

甄龍濤半天沒回答出來。

童延真不知道現在這群人到底是怎麼了。

他的好兄弟魏嵐就是外貌協會，魏嵐交往過的女朋友也大多不正常。明明知道魏嵐是渣男，還跟魏嵐在一起，只是因為魏嵐長得好看。

難不成，現今社會就只看臉了嗎？

不，還看身分。

他的父母沒有愛情，他的媽媽喜歡他爸爸的錢與豪門身分，他的爸爸喜歡他媽媽的顏值以及影后身分足夠體面，兩個人就此在一起。

如今，沒有離婚，卻形同陌路。

靠一張臉，就能產生感情嗎？

不，只有欲望而已，只是好色而已。

童延低頭沉默地走了一陣子，來到湖邊，看著湖面發呆。

甄龍濤看著他，想要伸手碰一碰他，又怕再次被收拾，於是停住了。

童延站在石臺上，對甄龍濤勾了勾手指，甄龍濤立即走過去。

童延沒有猶豫，直接將甄龍濤踢進湖裡。童延倒是不害怕他會有什麼危險，嘉華學校的學生都會游泳，畢竟這是體育課內容之一。

他蹲在岸邊，看著甄龍濤在水裡掙扎。

甄龍濤終於穩住後抬手擦了一把臉，震驚地看著岸上的他，大罵：「你他媽找死吧！」

「水裡涼不涼？」童延冷淡地問。

「妳下來試試！」

「清醒了吧？幹點人事吧，把我惹生氣了，下次就不只是進水裡清醒這種小意思了。」

童延說完站起身來，往後退了幾步，不想讓甄龍濤撲騰起來的水濺到自己。

甄龍濤努力往岸上游，有要上來跟童延拚命的架勢。

童延活動一下手腕，倒是不懼怕。

童延家裡會安排武術課給他，許昕朵經常去上。回到自己身體裡後，也會努力按照記憶裡教的練習。

很多次，童延到許昕朵身體裡，會發現許昕朵身上青一塊紫一塊，或者渾身痠痛，就知道她平時也在練習武術。

如今，許昕朵的身體，有著超乎常人的柔韌性以及力量、敏捷度。

他並不懼怕甄龍濤上來動手。

這時有摩托車的聲音響起，童延望過去，看到魏嵐他們騎著摩托車過來了，到了童延的身邊停下，遞給童延一個摩托車安全帽。

是童延叫魏嵐過來的。

魏嵐想載著童延離開，但是童延把他趕下去，讓他和蘇威一起走。接著自己獨自上了摩托車，戴上頭盔，騎著魏嵐的摩托車揚長而去。

魏嵐看著童延離開，忍不住感嘆：「哇哦，我們朵朵真帥。」

蘇威讓魏嵐上了自己的車，同時問：「車就這麼讓她騎？」

「送她都行。」

「穿裙子騎摩托車，厲害啊……」

「沒看裙角都壓住了嗎？」

「看得挺仔細啊。」

「……」

當天晚上，嘉華論壇就出現一篇文章。

主題：「傳說中的新任校花，似乎就這麼被人追跑了。」

文章的內容是一段影片，影片裡許昕朵上了甄龍濤家裡的車，甄龍濤跟著上車。

一樓：『看起來，這位似乎很好追。』

二樓：『這才幾天，就有男朋友了？』

三樓：『高二二班的甄龍濤，渣男。』

四樓：『眼光也沒多高。』

四十五樓：『真不要臉，還以為是多冷淡的人，結果這麼好追，這才幾天就跟男生一起回家了？之前裝模作樣給誰看呢？』

四十六樓：『我給她五千塊錢，她是不是都能跟我回家？』

四十七樓：『樓上明顯貴了，她不值。』

四十八樓：『哈哈哈哈哈，我賭八百，夠在他們村活一個月了。』

這個文章很快就成了熱門。

許昕朵長得好看，很多人盯著。結果才轉來沒幾天，就和男生一起回家了，還似乎在交往，這真的很隨便。

平日在學校裡一幅冷淡的模樣，私底下還挺熱情如火的嘛！

本來就是最近的熱門人物，加上這麼勁爆的內容，很快就火了。

穆傾瑤匿名發了一篇文章，吃頓飯回來，再打開論壇，裡面留言已經幾百則了，清一色罵許昕朵。

她看了不由得心中暗喜。

手機群組裡，同學們也在談論這件事情。她打開群組看聊天記錄，談論得非常激烈，大多都是罵許昕朵的，還有誇甄龍濤好福氣，第一個吃到小美女。

有人立即反駁：『你怎麼知道甄龍濤是第一個？說不定之前在村裡有過不少個呢。』

另外一個人說：『這樣的女人，說不定跟村口燙頭髮的都有一腿。』

穆傾瑤立即在群組裡說道：『你們別這樣說，我覺得妹妹不是這樣的人。』

群組裡霎時安靜了下來。

她正要拿著手機給家裡父母看呢，就看到有人說：『事情反轉了！』

穆傾瑤趕緊打開論壇，看到新出現的文章：「緋聞男主角被踢進水裡氣急敗壞的樣子，真的非常帥氣呢。」

影片有兩個，一個是監視器錄影，一個是旁人錄的。

監視器錄影裡沒有聲音，只有許昕朵站在湖邊對甄龍濤勾手指，接著瀟灑地將甄龍濤踹進水裡的畫面。

就連她之後對甄龍濤挑釁完，站起身往後退的模樣，都帶著一絲帥氣。

第二個影片是蘇威他們到了湖邊後，魏嵐用手機錄下來的，甄龍濤落水後對著許昕朵破口大罵：「許昕朵，我給妳臉了！妳他媽是不是故意帶我來這的？我不會放過妳的，妳真當自己是什麼貨色？我看上妳都是瞧得起妳！」

結果許昕朵沒理，動作俐落地上了魏嵐的摩托車，戴上安全帽騎著摩托車揚長而去。

許昕朵個子高，腿也長，尤其是騎在摩托車上後，那雙長腿真的很養眼。

還有轉彎處的飄移，根本就是摩托車大神，又帥又颯。

接著，一樓有人主動取消匿名，掛上大名。

一樓（魏嵐）：『我是高二國際四班的魏嵐，許昕朵的同班同學。放學的時候許同學跟我求助，說她看那個跟穆傾瑤以及其未婚夫打賭追她的甄龍濤不爽，想收拾他一頓，希望我能幫忙。沒想到，我們的報復舉動會引起誤會，特此發文聲明，許同學並未跟甄龍濤同學交往。』

二樓：『靠，掛大名開撕了？』

三樓：『打賭追女生？還是跟穆傾瑤打賭？我怎麼隱隱約約嗅到了八卦的味道？』

四樓：『穆傾瑤有毒吧？』

五樓：『哈哈哈，好一個極品未婚夫，是給妳的同班同學留面子嗎？』

六樓：『之前就覺得那篇文裡的人嘴真臭，一群人詆毀一個小女生的名聲，還聊得那麼開心，彷彿許昕朵做了什麼十惡不赦的事情。我就不懂了，就算她真的交男朋友了，也不該那麼說她，更何況並沒有。』

七樓：『論壇取消匿名吧，散發著惡臭。』

二十九樓：『合理懷疑，穆傾瑤不接受許昕朵這個養女。她不僅僅想趕走這位養女，還想毀了許昕朵，簡直惡毒。我現在再次懷疑這家三個孩子的身分，說真的，她和穆家的人一點都不像！附上三個人在同學錄上的相片，大家自己分辨吧！畢竟不是所有人都心盲眼瞎！』

魏嵐發的文章，帶領的風向與前一篇完全不同。

漸漸的，開始有人八卦起穆傾瑤來。

被八卦不可怕，禁不起八卦才可怕。

三十四樓：『怎麼還有人懷疑起身分來了？扯太遠了吧？』

三十五樓：『穆傾瑤啊，一點也不意外，那個綠茶婊，還不是多高端的那種，平時裝得挺像樣的，其實小心機可多了，好多人都煩她。火箭班班花原本是她的朋友，後來兩個人也鬧掰了，聽說是穆傾瑤背地裡使壞。』

三十六樓：『穆傾瑤和甄龍濤打賭，讓甄龍濤去追許昕朵，這也太惡劣了吧？穆傾瑤能不知道甄龍濤是什麼樣的人？影片裡的話大家也能聽清楚，甄龍濤根本瞧不起許昕朵。』

三十七樓：『有點心疼許昕朵，身世可憐被收為了養女，好不容易有好的生活，家裡的千金小姐還這麼惡毒，恨不得她死。』

三十八樓（康緒焦）：『我是國際四班的康緒焦，和許昕朵並未說過一句話，不算朋友，只說自己知道的。她這個人一直非常冷淡，魏嵐搭訕她都不太理，更何況甄龍濤？都是渣男，沒必要厚此薄彼吧？魏嵐可比甄龍濤帥多了。至於甄龍濤嘛，跟著我們一起上經濟課坐在許昕朵身邊，被許昕朵一腳踢飛了。』

六十一樓：『有一說一，穆傾瑤確實是婊，許昕朵也確實情商低，不會處理關係。如果許昕朵表現得稍微好一點，也不會被穆傾瑤這麼對待。』

六十二樓：『樓上標準的受害者有罪理論。』

六十三樓：『我怎麼看不懂了？上一個文章不過是許昕朵上了甄龍濤家裡的車，可以是順路回家啊。這個文章也只是澄清一下，怎麼就吵起來了？其實仔細想想，沒多大的事吧？』

六十四樓：『全校圍觀穆家的家務事，或者可以說是圍觀穆家姐妹互撕，真厲害。』

六十五樓：『看穆傾瑤的白蓮花語錄，就在剛才還在說覺得妹妹不是這樣的人，結果就是她搞的鬼。（圖片）。』

穆傾瑤慌了，只能去求人幫忙。

她先是傳訊息給沈築杭，詢問為什麼打賭的事情會洩露出去。其實想一想就知道，一定是婁栩或者邵清和說出去的。路仁迦也有可能，但是看路仁迦著急的樣子，大概不是她。

還有就是，現在這個局面該怎麼解決。

穆傾瑤想了想後只能傳訊息給穆傾亦：『哥哥，你能不能幫幫我？』

♫

許昕朵還不知道嘉華國際學校有論壇這回事，也沒加入過任何群組，此時在房間裡認認真真地寫作業。

她之前幫童延比賽，領了獎後，就和童延換了回來。

回來的時候她在自己的房間裡躺著，她立即坐起身來翻書包寫作業。可惜，打開書包發現童延只帶回幾本書、一個本子，現在是靠記憶，強行寫作業。

手機螢幕亮起，她點開後接通了童延的視訊，在她把手機放在支架上的時候，童延另外一隻手裡還拿著一個手機。

她看著螢幕問：「很忙？」

『不忙。』童延隨便回答了一句，接著看向螢幕，『穆傾瑤來找妳了嗎？』

「沒有啊。」

『哦……』

許昕朵立即猜到有事發生了，於是問：「怎麼了？」

童延坐在那邊，懶洋洋地將剛才的事情說了，並且用手機翻學校的論壇看留言，冷笑了一聲：『根本沒來找妳，穆傾瑤還說她道歉了，這表面功夫真是……』

「她道歉了？」

『嗯，還跟我說沒被欺負，結果人家打賭追妳，這種事妳都能忍？』

許昕朵撇了撇嘴：「穆傾瑤看我不順眼，想要搞小動作是肯定的，在我意料之中。這件事情我也沒當回事，我根本沒打算理那個甄龍濤。」

『都說了讓妳直接來我家裡住，妳不聽。』

「我突然去你家裡算什麼？」

『那我幫妳弄一間房子，什麼都能安排妥當，妳在那裡住著不就好了？轉學我也會安排好的。』

許昕朵聽完忍不住笑了：「那我算什麼，你的金屋藏嬌？」

『我也只養妳到畢業，比妳留在那個穆家好。』

許昕朵盯著螢幕裡的童延看了許久，隨後搖了搖頭：「沒事，不想欠你太多。」

『我都不在意！』

「而且，以後我大了，談婚論嫁了，還能門當戶對？」許昕朵小聲說了一句。

『門當戶對？妳看上誰了？魏嵐啊？我跟妳說那小子油嘴滑舌的，不行。妳是我兄弟我才跟妳說的，別人我都懶得勸。』

許昕朵寫作業的手停頓片刻，接著繼續寫下去：「不用你管了，我心裡有數。」

他不會懂的。

也不想他懂。

童延的注意力本來也不在許昕朵這邊，手裡還在翻論壇，接著說道：『喲，穆傾亦發言了，果然是一起長大的妹妹，要護著。』

「穆傾亦他……是個什麼樣的人？」許昕朵有點好奇這位親哥哥。

『他啊，一個傻子。』

「你看誰都是傻子。」

童延認真回憶了一下，說道：『長得挺好看的，以前我就覺得看他看起來很眼熟，但是說不出來眼熟什麼，直到妳被穆家認了，我才意識到他和妳長得真像。人吧，不怎麼樣，瞧不起人似的，脾氣也挺大的，和邵清和關係不錯，跟Gay似的形影不離。』

「哦，他們兄妹二人不會一起針對我吧？」

『那倒不至於，穆傾亦這個人雖然討厭，但是不至於不明是非，比穆家其他人強一些。』

許昕朵不再管了，繼續低頭寫作業。

童延看著許昕朵不爭不搶的樣子就來氣，用手指敲擊手機螢幕：『妳能不能爭氣點，我看妳怎麼那麼著急呢？』

許昕朵沒理。

結果童延敲擊的時候不小心掛斷了，之後也沒再打過來。

許昕朵寫完作業後，拿來手機對著學校的簡章掃條碼，註冊了學校的ＡＰＰ，接著尋找這幾篇文章。

她翻了半天，才看到傳說中的穆傾瑤道歉留言。

二四二樓（沈築杭）：『我是沈築杭，在這裡跟大家道歉，這件事是因我而起。穆家突然收了養女，讓我的女朋友受了委屈，我心中氣不過才做出了打賭的事情，純屬一時衝動，幸好尚未造成不良影響。此事與我的女朋友無關，她當時有勸說，是我沒聽。』

二四三樓（穆傾瑤）：『對不起，我沒有成功阻攔男朋友和甄同學這種幼稚的打賭行為，造成了不好的影響，特此跟許昕朵道歉，並且保證不會再做任何有損姐妹感情的事情。』

二四六樓：『哇哦，事件當事人來了，可是為什麼要跟大家道歉呢，妳沒對不起大家啊。』

二四七樓：『沈築杭雖然道歉了，但是畫風很迷啊，完全沒提起許昕朵，還跟大家道歉。總覺得沈築杭根本沒把許昕朵當成一個人，養女兩個字格外刺眼。』

二四八樓：『誰說穆傾瑤段數低的？她非常漂亮的把鍋甩出去了，全部由男朋友頂鍋。結果人家男朋友的理論是保護女朋友，為女朋友出氣，我好感動哦。』

二四九樓：『甄龍濤呢，在水裡沒游出來還是腦子進水了，COS 空氣呢？』

二五八樓（穆傾亦）：『是我沒有管好妹妹，等我回國後會處理好這些事情，叨擾大家了，抱歉。』

二五九樓：『啊啊啊，亦亦在我樓上，他壓著我！』

二六〇樓：『前排合影！』

二六一樓：『不怪你的！是你的妹妹胡搞，你在國外，不知情的，不知者不怪。』

二六二樓：『好氣哦，還把亦亦牽扯進來了，前面還有傳亦亦學生錄相片的，太過分了！』

二六三樓：『真是服了學校裡這群花癡了，一群舔狗。』

二六四樓：『@穆傾亦，解釋一下家裡突然收養女的事情吧。』

二七二樓（穆傾亦）：『@二六四樓，我為什麼要跟你這個蠢貨解釋？』

二七三樓：『沒錯，是我老公的語氣。』

二七四樓：『蠢貨！滾遠點！囉嗦！聒噪。』

二七五樓：『@二六四樓，人家家裡為什麼要收養女，有必要跟你解釋嗎？你當你是誰？關你屁事。』

二七六樓：『散了吧散了吧，無聊，還不如去玩遊戲。』

許昕朵翻完所有的留言，接著傳訊息給童延：『這種文章能刪掉嗎？』

童延：『為什麼不讓他們再示眾一陣子？』

許昕朵：『沒必要，不想被圍觀。』

童延：『一分鐘。』

童延：『好了，文章沒了。』

穆傾亦拿著手機看到文章沒有了，反而鬆了一口氣，他真的不想參與這些事情。

煩躁地將手機丟在一邊，正要看書，只看到手機亮起了提示光。

他看了一眼，是邵清和傳來的訊息：『所以，哪個是你的親妹妹？』

他打字回覆：『你很閒？』

邵清和：『對啊，對著藥罐子的日子真的太無聊了。』

穆傾亦：『那就早點去死。』

邵清和：『哦，我懂了。』

邵清和：『按理說，你的妹妹應該非常憤怒吧，結果她不哭不鬧，還隱藏成績，真的是一點都不在乎？而且，她的言行舉止看起來，並沒比你的同姓妹妹差，甚至還更勝一籌。』

穆傾亦看著手機翻了一個白眼，用語音回覆邵清：『你適合回到古代參加宮鬥去，說不定還能有你的一席之地，做一個有排場的嬤嬤。』

邵清和：『實在是好奇。』

穆傾亦：『聒噪。』

邵清和：『你是怎麼想的？』

穆傾亦：『想要你閉嘴。』

回覆了邵嬤嬤後，穆傾亦將聊天記錄滑到上面的截圖，看著他的相片和許昕朵並排放在一起的畫面……

家裡真的覺得這樣瞞得住嗎？

這個親妹妹又是一個什麼樣的人？

第四章　天才鋼琴少年

翌日。

許昕朵走下樓就看到穆傾瑤正在等她，吃早飯的時候不由得一陣彆扭。

穆傾瑤斟酌許久後，才問許昕朵：「朵朵，我們一起上學吧？」

許昕朵真不適應穆傾瑤這麼叫她，卻沒有拒絕，點頭同意。

兩個人乘坐同輛車去往學校，路上收到了童延的訊息：『我是不是該裝作不認識妳？』

許昕朵：『需要演的有點多，你首先要開始演暴跳如雷，不許我坐在你身邊。』

童延：『……』

許昕朵：『接著我們打一架。』

許昕朵：『你被我打服了，我們就此成為了團結友愛的同學。』

童延：『換個劇本，要男主角的。』

許昕朵：『我一眼愛上你，成了你的後宮。』

童延：『所以，我們打一架吧。』

許昕朵：『好。』

車子行駛到了學校門口，下車後穆傾瑤走過來挽住許昕朵的手臂，許昕朵知道穆傾瑤要演戲，但她不想配合。

昨天到今天早上，穆傾瑤有的是時間，卻一直沒有跟她道歉。

她冷漠地將手臂抽回來，並且退後一步：「行了，我先進去了。」

穆傾瑤看著許昕朵走進去，完全不給自己面子，咬牙切齒，注意到周圍還有其他學生才收斂了表情。

許昕朵走上樓的時候，注意到學校裡的氣氛和前幾天不一樣，路過一群女生的時候，聽到她們興奮地議論：「童延回學校了，太帥了！」

「上次鋼琴比賽亞洲區第一。」

「全校都看到了，直播裡帥死了。」

「欸，是許昕朵，穆傾瑤的妹妹。」

接著一群女生看向許昕朵。

許昕朵在欄杆邊，抬頭就能看到童延在那裡。

嘉華國際學校的教學大樓是回字型設計，上下樓的樓梯在回形內側，每一層樓走出教室，就是走廊欄杆。

這種設計在商場裡比較多見，從欄杆就能看到一樓大廳。

此時童延和魏嵐、蘇威等人靠著國際四班門口的欄杆，聚在一起聊天。

她每上一層臺階，都會距離童延更近一些。

童延也在這個時候回過頭來。

她看到魏嵐指了指自己，應該是在跟童延介紹，這個就是他的新隔壁桌。

童延回過頭來看向她，目光一直在她的身上。

第一次見面在夜裡。

第二次見面來去匆匆，她難得在第三人的視角看童延這具身體。

他只是隨意站在那裡，都像是一幅絕美畫卷。身材比例極好，穿著校服也比其他人出彩。

在她走到教室門口時，童延似乎心情不錯，突然叫住她問：「同學，喝飲料嗎？」

許昕朵看著童延臉上壞心眼的痞笑，知道他們是打不起來了，於是說道：「不了，謝謝。」

「哦——」童延拉長音地回答，接著自我介紹，「我是妳隔壁桌，我叫童延。」

許昕朵停下腳步看著他，點了點頭：「你好。」

等許昕朵走進教室，魏嵐才看著童延問：「是不是挺漂亮的？」

「你不是早就傳過相片給我？」

「我覺得她不上相，本人更好看。」魏嵐又往教室裡看了看，確定許昕朵坐好了，才又說，「我打算開始追她，我覺得我昨天的舉動，肯定給她留下了良好的印象。」

童延用吸管喝了一口手裡的美式咖啡，隨口回答：「那祝你好運。」

沈築杭在這個時候走出教室，灰頭土臉地找到魏嵐，表情不太好地說道：「魏嵐，能跟我單獨聊兩句嗎？」

童延知道沈簗杭是來找魏嵐算帳的，沒說話，看著魏嵐。

魏嵐倒是挺無所謂的，聳肩說道：「你直接說吧。」

沈簗杭看了看童延，不想招惹童延，心中卻還是氣不過，於是問道：「你有必要為了那個養女這麼做嗎？」

「我只是把我知道的發出去了而已，哪裡扭曲事實了嗎？沒有吧？」

「你這樣會讓我和瑤瑤很難堪。」

「你們做的不對，還怪別人？」

沈簗杭不想跟魏嵐吵，只在意一件事情：「好，我不計較之前的事情了，你只要告訴我，是誰告訴你打賭的事情就行，是不是婁栩？」

魏嵐的脾氣也上來了，搞不懂沈簗杭的腦迴路：「你不跟我計較？看到許昕朵被黑成那樣，你們什麼都不說，被曝光之後你還不計較了，你真是雙標啊。你問是誰說的有什麼用，再去搞另外一個人？」

沈簗杭依舊理直氣壯，「她不過是個養女，不要臉的跑到穆家來，不就是為了錢，還讓瑤瑤受委屈，她活該被黑。」

沈簗杭的身體被踢飛出去撞到牆壁的時候，還沒反應過來是怎麼回事。

魏嵐就在他面前，雖然氣，卻沒有動，怎麼會有人踢他？

他詫異地抬頭，就看到童延朝著教室走的同時看了他一眼，眼裡全是輕蔑，甚至厭惡：「別這麼缺德。」

說完，走進教室。

童延走進教室裡，在班級同學的目光中朝著座位走過去，坦然地坐在椅子上，並不排斥身邊突然多了一個人。

魏嵐和蘇威過了一陣子才進來，主要是魏嵐又補了幾腳，走進來後跟童延說道：「那種人確實欠揍，以前還覺得他挺正常的。」

童延沒再聊這個，班導師進教室後安排早自習，魏嵐老老實實地坐好。

念課文的聲音懶洋洋拉長著，整個班級裡都有氣無力的。

不少人總是偷偷回頭看，有人好奇童延為什麼突然揍沈築杭，也好奇童延對新隔壁桌的反應。快上第一節課了，這群學生才正常下來。

童延故作鎮定，壓低聲音跟許昕朵說道：「我買了吃的給妳。」

許昕朵看了看他，隨後伸手往抽屜裡摸，找出一個紙包著的糖葫蘆來。

她笑了笑，悶頭開始吃。

童延又在自己的美式咖啡杯邊用手指點了點：「看到我的努力了嗎，說了這幾天我努力不睡著。」

許昕朵看了看後，心情終於好了許多，彎起眼眸笑了起來。

魏嵐的桌上堆著一堆書，此時把一個小鏡子立在書上面，隨時觀察後面的情況。

他都想好了，童延來了之後肯定會鬧，他提前告訴童延他有隔壁桌了，就是為了讓童延不會鬧得太厲害。

但是童延肯定是不喜歡有隔壁桌的，肯定會趕許昕朵離開。到時候他就順勢拉架，安撫許昕朵的同時跟童延說好話，最後讓許昕朵坐自己隔壁。

結果盯了一個早上，兩個人都挺淡定的。

剛才在早自習，魏嵐沒聽清楚童延說了什麼，但許昕朵居然被逗笑了。

她笑了！

轉學這麼多天了，第一次這麼笑！

天壽了，這是什麼情況？

上課後，許昕朵在紙上寫了兩個日期，移到了童延面前。

童延看了看，拿出手機傳訊息給許昕朵：『給我看我的生日幹什麼？』

許昕朵：『也是我的生日，我也是昨天看文章裡的截圖，才注意到穆傾亦和穆傾瑤的出生日期，居然和你同一天。』

童延：『妳是不是暗示，我們兩個人會互換，和生日也有關係？』

許昕朵：『不清楚，只是猜測。』

許昕朵所知的生日，比穆傾亦他們晚一天。

當時許昕朵的「外婆」是穆家的女傭，屬於管事的。她想讓自己的外孫女能夠享受榮華富貴，所以調包了外孫女和穆家的真千金。

剛出生的嬰兒，長得很像，當時穆家人根本沒有發現。

在那之後，女傭將她丟給了許奶奶。

許奶奶的兒子在老婆孕期意外去世，許奶奶白髮人送黑髮人，原本以為可能見不到外孫女，誰知許媽媽生完孩子就把孩子給了她，隨後人間蒸發。

許昕朵從未被親生母親照顧過，許奶奶的生活條件也不太好，只能幾頓奶粉、幾頓麵糊這樣餵她長大。

奶粉也不是很好的奶粉，導致許昕朵的腸胃十分敏感，吃了太辣或者涼的就會腸胃不適。

童延：『那個女傭被處理了嗎？』

許昕朵：『據說報了案，如今只是拘留，被認定為民事案件了。』

童延：『這不算人口拐賣嗎？』

許昕朵：『穆家人會等女傭被放出來後自行處理，到底怎麼處理我還不知道，他們在等穆傾亦回來。』

童延看著手機覺得非常納悶，快速打字回覆：『穆家怎麼回事？這種事情還需要兒子來掌控？』

許昕朵：『聽說，我的身分也是穆傾亦調查出來的。』

童延：『穆家這對夫妻遲早要完蛋，真難得他們能生出妳和穆傾亦這樣的孩子來。』

這個時候，許昕朵看到訊息提醒，點出去，是婁栩傳過來的。

婁栩：『我等了一個晚上，還以為妳能跟我說點什麼，沒想到妳這麼安靜，我反而坐不住了。』

許昕朵：『我是不是連累妳了？』

婁栩：『這我倒是不在乎，穆傾瑤不敢對我怎麼樣。那小婊子，我罵她她都不敢還口，只知道找穆傾亦和沈築杭，自己什麼也不是。』

許昕朵：『那就好。』

婁栩：『補習班妳還去嗎？』

許昕朵：『去。』

婁栩：『對，沒必要怕他們，邵清和是講道理的人，他那天也是向著妳的。而且，穆傾亦馬上要回國了，交換生一個月的期限快到了。』

許昕朵又問了那個問題：『穆傾亦是什麼樣的人？』

婁栩：『他啊，死傲嬌，可愛的要命，可有意思了。』

結果這個時候童延湊了過來，看她在聊天，問：「第一次在妳旁邊，才知道妳和我聊天的時候，還會去跟別人聊天，不回我訊息？」

「是突然傳來的訊息……」

童延不高興了，椅子往外一挪，不理許昕朵。

許昕朵低頭傳訊息給童延：『好啦，我先回你。』

童延看了手機一眼，沒回訊息，現實裡瞪了許昕朵一眼，凶巴巴地回答：「滾一邊去。」

童延罵人的聲音不高不低，班級裡不少人聽見了。

魏嵐就此鬆了一口氣，這才是童延該有的態度。

學校裡確實有不少人關注童延。

以前許昕朵是在童延身體裡，那些人談論時都避諱著童延，她自然不知曉。

這次卻是以第三人的視角看到，不得不感嘆……怎麼眼瞎看上童延的人那麼多？

他們上選修課的時候，教室裡其他三個國際班的學生出現了，都去偷偷問國際四班的學生：「延哥知道自己有一個新隔壁桌什麼反應啊？沒鬧嗎？」

他們雖然避諱童延，但是不會避諱許昕朵，也不管許昕朵會不會注意到他們直白探尋的目光。

四班學生多半會冷笑一聲，接著回答：「沒有關，不過罵了許昕朵一句，讓她滾，不過她也沒滾。」

「也真是厚臉皮，她坐下的時候就有人提醒過她，一直賴在那裡不走，真夠可以的。」

「說是這樣說，但是……人家還是成了延哥的隔壁桌……」

羨慕。

真羨慕。

能坐在延哥身邊，還有可能是將近兩年的時間，肯定是值得高興的事情啊！

就算被罵一句滾，也是值得的。

不過，知道許昕朵當童延的隔壁桌也不太順利後，他們內心也能這樣安慰自己：有什麼好，還不是被延哥討厭？

♫

第二天中午，許昕朵坐在餐廳裡吃飯，甄龍濤不來煩許昕朵了，婁栩卻帶著自己的好朋友坐在許昕朵對面。

婁栩坐下後給許昕朵一瓶飲料：「買給妳的。」

許昕朵挺詫異的，不過沒有拒絕，說了一句：「謝謝。」

在婁栩看來，她和許昕朵是一起對抗過惡勢力的人，革命友誼深厚，就此把許昕朵當成朋友了。

她坐下之後就問：「沈築杭沒為難妳吧？」

許昕朵搖了搖頭，看到水瓶上的霧氣並沒有擰開，看了就知道這飲料很涼，她的腸胃沒有辦法喝。不過她可以在吃完飯後拿回教室裡，等不涼了以後再喝。

婁栩又問：「那童延呢，聽說妳坐童延旁邊，他昨天回來了。」

許昕朵震驚了：「這種事情連你們火箭班都知道？」

「前兩天有文章提起這件事情，而且，我對長得好看的人本來就有著過分的關注。」

「也沒怎麼樣。」

「那就行，對妳這種長得好看的女孩子，應該不會很凶。」

婁栩說完這句話突然閉嘴了，因為她注意到童延出現在餐廳裡，並且朝她們這邊走了過來。

童延路過這裡後看了看放在許昕朵身邊的飲料，伸手摸了摸溫度，接著直接拿走。

一句話也沒有說，和魏嵐等人離開學生餐廳。

婁栩盯著童延離開，等童延的身影都消失了，她才問許昕朵：「他在欺負妳？」

「沒有啊。」

「他把妳的飲料拿走了。」

「哦……沒事，抱歉哦，妳的一番心意。」

婁栩連忙擺手：「一瓶飲料而已。」

許昕朵從口袋裡摸出手機，看到童延傳訊息給她：『不能喝就拒絕掉，妳喝不了涼的不知道嗎？』

許昕朵：『你理我啦？』

童延：『還沒消氣呢。』

許昕朵：『（圖片）。』

許昕朵：『喏，把你的聊天框置頂了。』

童延：『妳昨天晚上和魏嵐聊天了？』

截圖裡有聊天的主頁面，最近和誰聊天都能看到。

許昕朵：『昨天他問我有什麼作業。』

童延：『他寫屁作業！』

許昕朵：『禮貌性回覆。』

童延：『妳是不是只對我沒禮貌？』
許昕朵：『我需要對你有禮貌嗎？』
童延那邊等了一陣子才回覆：『我真的把妳寵壞了，妳喝什麼，我在飲料店了。』
許昕朵：『烏龍茶。』
童延：『嗯，別理魏嵐那傢伙。』
許昕朵：『好。』
然而剛才這一幕，不僅婁栩他們看到了，坐在周圍關注童延的人不少，很多人都看到了。
於是漸漸傳出：穆家養女巴結童延試圖翻身，可惜童延不理，還欺負許昕朵。
傳聞補充：許昕朵被童延痛罵滾開，依舊厚著臉皮繼續坐童延旁邊，痛並快樂著。
「無意間」聽到傳聞的許昕朵喝著童延買給她的烏龍茶，陷入沉思。
為什麼這群學生會把這麼幼稚的欺負行為定義為帥呢？就因為那個人是童延嗎？
她扭頭看了看趴在桌子上，睡得跟個嬰兒似的童延，不解。
十分不解。
這時她注意到童延脖頸上的刺青，從耳後延續到鎖骨上方，紋的是Nothing is impossible。
在許昕朵看來，是一句挺中二的話。
不過她知道，她小的時候到童延身體裡時，那裡還是一道傷疤，整整齊齊，像是刀割的一樣。

她從未問過那道疤痕的由來，只知道在十二歲那年，童延自己去做了一個刺青，把疤痕擋得嚴嚴實實的。

就在她陷入沉思時，又一則流言蜚語誕生：許昕朵盯著童延看了許久，疑是癡女，許昕朵果然瘋狂暗戀童延。

♫

許昕朵回到家裡，還沒走兩步，就聽到穆傾瑤驚呼了一聲：「哥哥，你回來啦！」

說著，十分歡喜地朝著站在樓梯口的少年跑過去。

許昕朵隨便看了一眼，只看到男生身上穿著的衣服，身材纖細修長，比童延瘦弱一些，不過沒看清面孔。

她沒在意，畢竟也不認識，朝著廚房走過去自己接了一杯水。

穆傾亦看著許昕朵從斜側方走過去，進入廚房。

穆家有傭人，都會幫他們倒水，所有東西都會準備得好好的。許昕朵卻要自己去倒水喝，恐怕在家裡也沒有小姐的待遇。

耳邊，穆傾瑤撒嬌著問：「哥！你有沒有帶禮物給我啊？」

「鬆開。」穆傾亦嘆氣說道。

穆傾瑤立即聽話地鬆開了穆傾亦的袖子。

穆傾亦又朝著廚房看了一眼，接著轉身朝樓上走去，低聲說道：「行李箱在客廳，自己選。」

許昕朵喝完水，朝外面走的時候聽到傭人議論：「少爺不是剛下樓嗎，怎麼又回去了？」

「不知道。」

許昕朵拎著包上樓，忍不住笑，這個穆傾亦是下樓想看看她？

應該是她想多了吧。

晚上一起吃飯，穆父顯得很開心，坐下之後感嘆：「這次一家人終於聚齊了，小亦還沒見過妹妹吧，這就是你的妹妹朵朵。」

穆傾亦朝著許昕朵看了一眼，「嗯」了一聲，便沒再說什麼。

許昕朵吃飯的時候也不習慣說話，也沒說什麼。

穆父看著三個孩子坐在一起吃飯的樣子，心中突然一陣欣慰，絮絮叨叨地說：「你們三個以後都是我的孩子，我一定會好好的照顧你們，一碗水端平……」

說到一碗水端平，許昕朵和穆傾亦同時抬起頭來看向他。

他們兩個人坐在相鄰的位子上，動作也幾乎同步，抬頭時的模樣像是同個模子刻出來的。

尤其是兩個人的眼睛，同是琥珀色的淺色眸子，像貓一樣的眼眸，透著慵懶，好似沒睡醒一般。

還有就是三白眼。

也就是下眼瞼的位置，會有一些眼白，卻不誇張，只會讓人看起來冷漠、生疏、不可一世。

穆母看著他們，看到兩個人幾乎一樣的相貌，不知為何，突然眼眶一紅。

原本覺得許昕朵陌生，不知該如何相處，此時也生出了些許親情來。

她快速調整情緒，小聲說了一句：「朵朵回來了就好，以後媽媽會加倍對妳好，彌補這些年妳受的委屈。」

誰知，許昕朵突然放下筷子，淡然地說道：「母親的話嚴重了，奶奶待我很好，我前些年受的委屈，還不如這幾日多。」

場面立即一靜。

穆父和穆母的表情變得尤其尷尬，穆父輕咳了一聲，說道：「我們讓妳受委屈了？妳來之後的事情，哪一樣不是安排最好的給妳？」

許昕朵依舊一副恬靜的樣子，溫和地回答：「我理解你們維護多年感情的心情，也不在意什麼身分。但是心底的失望是永遠都不會改變的，這一點已經烙印下了，彌補不了。」

穆父一巴掌拍在桌面上：「一個身分而已，對妳來說就那麼重要嗎？」

「不重要，我並不在意，我在意的是一碗水端平……算了，無所謂，您開心就好。」

穆父的話語裡多了一些憤怒：「我們已經許諾過，以後會加倍的對妳好，妳還想怎麼樣？」

許昕朵垂下眼眸，依舊是淡然的模樣：「加倍對我好，是為了得到心靈上的解脫，說服自己，自己做的是對的？那好吧，我不失望，我很開心，謝謝你們。」

許昕朵說完便站起身朝樓上走去，晚飯也不吃了。

穆父氣得不行，指著許昕朵離開的方向對另外兩個孩子說：「你看看她這是什麼態度，果然不是自己帶大的，養不熟，一點教養都沒有。」

穆傾瑤立即勸道：「爸爸，你別生氣了，我們不跟她一般見識。」

穆傾亦看著面前的晚餐，突然覺得食之無味。

穆傾亦放下碗筷說道：「如果一開始就一碗水端平，該是什麼身分，就是什麼身分，她也不會是這樣。至少剛才說話的時候，她的教養方面沒有問題。」

穆父氣得發抖：「你是什麼意思？」

穆傾亦嘆氣：「只是有點失望罷了。」

穆傾亦說完，也跟著站起身來說道：「我吃完了，回去看書了。」

說完離開上樓。

在兩個人離開後，餐廳裡沒有人進食。

穆傾瑤的雙眼之中彷彿地動山搖，她開始不安，不確定穆傾亦是向著誰的。

如果……穆傾亦也向著許昕朵的話，那以後該怎麼辦？

不行……絕對不行！

♫

許昕朵夜裡去廚房倒水喝。

走到客廳看到穆傾亦在整理行李箱，她沒理，直接去喝水。

回去的途中穆傾亦突然叫住她：「妳選了嗎？」

「什麼？」

「禮物。」

許昕朵走過來看了看後，用腳碰了碰行李箱：「我要這個箱子。」

「要箱子做什麼？」

「實用。」

「哦。」

穆傾亦拎著一個兔子娃娃，拿著另外幾樣東西上樓了。

在穆傾瑤選禮物的時候，許昕朵曾看過一眼，似乎沒有這個兔子。粉紅色的，垂著耳朵，有點喪氣的兔子。

他剛拿下來的？

她又想多了？

穆傾亦拿起手機，發現熱愛八卦的好友問道：『見到親妹妹沒，感覺怎麼樣？』

穆傾亦：『不哭不鬧，也不理我。』

邵清和：『哈哈哈哈哈哈。』

♫

第二天，穆家三兄妹一起去補習。

三個人分開兩輛車，許昕朵和穆傾瑤下車後，看到穆傾亦站在門口，見到她們跟上來了才走進去，也不打招呼。

許昕朵真的不知道這位是什麼套路。

走進去後，婁栩第一個打招呼：「哇！亦亦回來啦？」

穆傾亦冷淡地回答：「別這麼叫我。」

穆傾亦到位子上坐下後，看到邵清和正笑瞇瞇地看著他，接著看向許昕朵。

邵清和熱愛八卦的樣子真像個老媽子，穆傾亦十分無奈。

沈築杭的表情不太好看，不過還是跟穆傾亦打了招呼。在他的觀念裡，穆傾亦以後會是他的哥哥。

穆傾亦看了看沈築杭，低聲說道：「以後別那麼衝動了。」

沈築杭點了點頭：「好。」

路仁迦看看這個人，看看那個人，最後期待甄龍濤來，畢竟也是紅極一時的論壇紅人之一。甄龍濤在鬧大之後一直沒出聲，還好幾天沒去學校，對於他的態度，實在是讓人好奇得很。

等到快開始上課了甄龍濤才來，進來時掃了教室一眼，接著走到許昕朵的身邊，踹了她的椅子一腳。

結果滾輪椅紋絲不動。

「妳挺風光啊，這幾天到處都有妳的傳說。」甄龍濤咬著牙，憤恨地說道。

許昕朵懶洋洋地掀起眼皮：「拜你所賜。」

「我告訴妳，別把我逼急了，不然我什麼都做得出來。」

「什麼都做得出來？」

「對！」甄龍濤回答得毅然決然。

許昕朵動作從容地從書包裡拿出一張考卷，一把拍在桌面上：「西方經濟學的試卷，做吧。」

甄龍濤看著考卷：「……」

「做不出來嗎？」

婁栩就坐在許昕朵的旁邊，原本在考慮要不要拉架，結果看到這一幕先「撲哧」一聲笑了出來。

邵清和一向喜歡看熱鬧，此時也被逗笑，卻笑得十分收斂。

穆傾亦突然開口：「甄龍濤，別鬧得自己太難堪。」

甄龍濤簡直要氣瘋了，回頭看了穆傾亦一眼，最後罵了一句「靠」，離開教室。

路仁迦見甄龍濤走了，頓時覺得沒意思，在整理書的時候探頭看了看許昕朵，問道：

「喂，許昕朵，坐童延旁邊挺難受吧？」

「還好。」許昕朵趁老師沒來之前，獨自一個人寫西方經濟學試卷。

「我聽說他處處為難妳。」

「還好。」複讀機一樣的答案，讓路仁迦覺得沒意思。

路仁迦再次數落：「妳知道學校裡有誰追過童延嗎？我們班的班花也追過，可惜童延看都不看一眼。哦，對了，還有國際三班的劉雅婷，人家家裡可是童家的世交，兩個人也是從小就認識，童延都拒絕了。妳就別想了，童家特別注重門當戶對，妳這種養女不可能的。」

婁栩聽不下去了：「妳平時就是這麼安慰自己的嗎？」

她們確實沒追到，但路仁迦也沒追到啊！

路仁迦有點不爽了，瞪了婁栩一眼：「我只是希望她看清自己，如果不是她死皮賴臉地坐在童延身邊，童延都不會理她！我是為她好！」

許昕朵聽完嘆氣：「我進教室的時候只有那裡有空位。而且，我剛來這裡，人生地不熟，我能知道童延是誰？畢竟我的姐姐也沒為我介紹過。」

路仁迦被嗆得一哽，接著說道：「肯定有人勸妳啊。」

「勸歸勸，我要坐哪裡？一個座位而已，怎麼杜撰出這麼多故事來的？」許昕朵被煩到不行，白了路仁迦一眼就不再說話了。

這時老師來了，路仁迦嘴唇蠕動，最後也沒說什麼。

說到底，她羨慕許昕朵能跟童延當同桌。

不過心底確信童延一定會厭煩許昕朵。

下午補習結束已經三點半了，婁栩收拾東西的時候主動邀請許昕朵：「朵朵，跟我去十堰廣場吧。」

「去那裡做什麼？」

「那裡一到傍晚沒有陽光了，就會有好多男生去練習滑板，超級帥！」

「我對這個不感興趣。」

「妳如果去了，站在那裡不出半個小時，能有五、六個人跟妳要聯絡方式。我最喜歡看到這種畫面了，尤其是小狼狗羞澀的樣子，真的要命。」

許昕朵聽完笑了：「不是自己被要比較爽嗎？」

「妳不懂！我喜歡的是那種冒著粉紅泡泡的畫面，還有大家被美貌征服的畫面。再說了，主動來的不一定帥。要是有特別帥的，我就衝過去。」

「妳的腦迴路真是神奇。」

「哎呀，陪我去嘛！」

許昕朵下午也沒事做，想了想後還是同意了，答應和婁栩一起去十堰廣場。

兩個人剛走出教室，路仁迦就傳了訊息給甄龍濤：『許昕朵要和婁栩一起去十堰廣場。』

穆傾瑤和路仁迦約好一起吃飯的時候，偶然間看到路仁迦的手機螢幕，不過並未說什麼，只是不動聲色地跟著路仁迦一起走。

穆傾瑤一直和路仁迦在一起，路仁迦時不時看手機，在穆傾瑤點菜的時候還聽到路仁迦收到了一則語音訊息：『我們看到她們了。』

穆傾瑤依舊沒有著急，跟路仁迦吃完飯後，才說自己要去洗手間，打電話給穆傾亦。

明明剛才還是不急不緩的模樣，此時聲音卻急得不行：「哥，我剛才知道了一個消息，甄龍濤要找許昕朵麻煩，帶著一群人去十堰廣場找許昕朵她們了！怎麼辦啊哥，許昕朵不會有麻煩吧！」

穆傾瑤不傻。

她能看得出來，穆傾亦也因為家中的決定為許昕朵抱不平。加上之前的事情，讓穆傾亦知曉了她不待見許昕朵。

雖然說，上一次的事情她可以撇乾淨，說是沈築杭和甄龍濤打賭，卻也會影響穆傾亦對自己的印象。

所以這一次她要給穆傾亦一個好的印象，讓穆傾亦知道自己其實是在意這個妹妹的。她只是在通知的時間上耍了小心機，這個時候告訴穆傾亦，等穆傾亦趕過去的時候，許昕朵早就被甄龍濤的人收拾完了。

掛斷電話後，穆傾瑤忍不住笑，心情不錯地回到餐廳。

路仁迦急著走，拉著穆傾瑤興奮地說：「走走走，帶妳去看好戲，肯定有意思。」

「什麼啊！」

「先保密。」

穆傾瑤沒有再問，她知道路仁迦著急看許昕朵被收拾完的畫面了。

♫

許昕朵和婁栩先去了婁栩的家裡，把書包放在她家，之後在婁栩的家裡選了兩個滑板。

婁栩的家距離許昕朵的家還蠻近的。

婁栩是家裡的小公主，她的房間很大，就連滑板這些東西都有單獨的小房間展示。

許昕朵選了最低調的一個，婁栩選了繪圖酷炫的滑板，之後兩個人一起乘車去十堰廣場。

到了廣場就發現這裡確實是年輕人的聚集地。

附近有燈光大廈，夜裡有燈光表演。這裡的廣場足夠大，不遠處還有商場、電影院，算是不錯的地段。

在影片社交平臺紅了之後，很多人都會來這裡拍攝短影片，穿著打扮不錯會被人街拍，或者被短影片的錄製人員街頭採訪。

還有練習滑板的年輕人，婁栩來這裡的目的就是這群帥哥。

婁栩看到玩滑板的人群之後，對許昕朵大手一揮：「是天堂吧。」

許昕朵看著婁栩說：「我只是覺得妳很可愛。」

婁栩看到一個帥哥在拍跳舞影片，於是對著許昕朵單獨跳：「這個我也會。」

婁栩顯然學過街舞，一套動作乾淨俐落，有幾分帥氣。

許昕朵立即鼓掌誇讚：「我大概能猜到妳的偶像是誰了。」

「不算不算，我是看誰長得好看就粉誰，我的偶像沒有十個也有八個，我是外貌協會！長得好看我就願意為他花錢！而且，我的老公都是季拋的，主要是看下一部男主角好看的劇什麼時候出現。」

「嗯……非常可以。」

婁栩拿著滑板帶許昕朵到一旁，小聲說道：「我教妳，妳別去人群裡面，不然容易被撞到。」

「嗯，其實我會。」

躍。

「妳會？」

「唉，為什麼你們總覺得我什麼都不會呢？」

婁栩吐了吐舌頭：「哎呀，我錯了。」

許昕朵試了試滑板的硬度，隨後踩著滑板繞著婁栩轉了一圈，到她面前的時候表演一個豚躍。

婁栩立即「哇」了一聲。

之後許昕朵又滑遠了些，在人少的地方又表演了 Alpha flip。

等許昕朵滑回來後，婁栩覺得，她又心動了。

看什麼帥哥啊，看她們家朵朵就夠了！

許昕朵並沒有停止，踩著滑板躍上欄杆。

婁栩這才發現許昕朵不但會玩滑板，還玩得挺野。

這個時候甄龍濤他們出現了。

甄龍濤不好跟女孩子動手，心中又氣不過，所以叫來了一群女孩子。她們是體育學校的，其中兩個還是練重競技的，收拾一個許昕朵綽綽有餘。

結果他們到了之後，就看到許昕朵在他們面前「嗖」一下滑過去，過了一下子又「嗖」一下不見了。

甄龍濤乾脆叫了許昕朵一聲：「喂，許昕朵。」

這一聲叫得頗有架勢，引得婁栩朝著他看過去，注意到那群女生立即走過去：「甄龍濤，你要幹什麼？」

「沒什麼。」

「你如果再來找碴，不怕別人笑話你？」

「已經很丟人了，還不如讓自己痛快一點。」

這時，許昕朵滑了過來，到了甄龍濤面前瞬間停住。

站穩時，她的頭髮落在肩頭，微微揚起下巴，湊近甄龍濤的面前問：「叫我啊？」

甄龍濤看著許昕朵又帥又美的樣子，突然結巴了：「對、對，叫妳呢。」

站在甄龍濤身後的體校女生突然罵了一句：「靠。」

接著用只有幾個人能聽到的音量說道：「這女的也太他媽好看了吧？」

第五章　女傭

許昕朵點了點頭，問：「有事嗎？」

「妳如果現在跟我道歉，我就放過妳。」

許昕朵盯著甄龍濤半晌，隨即伸手摸了摸甄龍濤的頭：「個子挺高的，怎麼卻不長腦子呢？」

甄龍濤快速將她的手推開：「滾開。」

許昕朵歪著頭，看了看站在甄龍濤身後的幾個女生，並不懼怕，反而覺得挺有意思的。

其中一個女生跟許昕朵對視，瞬間紅了臉頰，在心裡暗暗下定決心，真的打她，也不會打臉，捨不得下手。

「別在這裡鬧，有小孩子，影響不好，過來吧。」許昕朵說著再次踩上滑板，朝著人少的地方滑。

甄龍濤底氣十足地吼：「妳別想跑啊！」

「跑得了和尚跑不了廟，沒必要。」

許昕朵到了人少的雕塑後面停了下來，大廈燈光被擋住，人少了一些，比較安靜。

許昕朵停下來後蹲在檯子上，手裡拿著滑板，看著甄龍濤他們跟過來，問道：「你們想怎麼樣？」

「妳跟我道歉……」甄龍濤說了開頭。

「不可能，我沒做錯，那就動手吧。」許昕朵立即說道，之前的談話只是客氣一下。

甄龍濤對帶來的女生說：「就是她，不用手下留情，醫藥費我出。」

然而這邊還沒打起來，有人過來跟甄龍濤打招呼了。

帶頭的是一個紅色衝天炮髮型的男人，有著不良少年最愛的打扮：大金鏈子、黑色的彩繪T恤、一件緊身牛仔褲、一雙豆豆鞋。

尤其是T恤袖子下藏著招搖的刺青花臂，社會氣息十足。

「喲，這不是甄龍濤嗎？怎麼，最近都不跟熊哥打招呼了？」紅髮不良少年主動跟甄龍濤搭話。

甄龍濤看到他後表情一變。

這位是附近開KTV的土財主之一，身邊兄弟不少。甄龍濤早期找過他幫忙打架，結果就被纏上了，頗為苦惱。

「熊哥。」甄龍濤問好道。

「嗯，這是什麼架勢啊？」熊哥問的時候，眼睛往許昕朵身上瞟了一眼。

「沒什麼，您忙您的吧。」

「趕我走啊？」熊哥走到甄龍濤面前，「上次的帳還沒算吧？真當我是傻子？」

「下次我主動過去跟您解釋行嗎？」

熊哥沒聽：「你上次就是這麼說的，我等了你三個月！」

說完，就對甄龍濤動手了。

甄龍濤身邊的女生想拉架，結果被熊哥帶的人唬住了，只有兩位重競技選手還能幫忙拉上兩下。

許昕朵只是一個看戲的，走到一旁擋在婁栩身前，站在那裡看著甄龍濤被打。

「要不要報警啊？」婁栩問。

「讓他多被揍幾下，活該。」許昕朵倒是不在意。

只是拳打腳踢，許昕朵就這麼看著，完全不管。

但是甄龍濤掙扎的時候給了熊哥一拳，徹底惹怒了熊哥，熊哥居然從口袋裡摸出一把軍刀來。

許昕朵拿起滑板朝前一踢，滑板擋在甄龍濤面前，刀插在滑板上面。

熊哥動作一頓，朝著許昕朵看過去，聽到許昕朵說道：「揍一頓就行了，動刀沒必要，那邊來人了，似乎有人報警了。」

「妳是他馬子？」

「不，排隊跟他打架的，你插隊了。」

熊哥被許昕朵逗笑了，停下來打量許昕朵，問她：「妳叫什麼？」

「你打完了嗎？打完換我了。」

「妹妹，哥哥的脾氣不好，妳跟哥一起喝兩杯，我就放過他好不好？」

許昕朵忍不住蹙眉，見到熊哥伸手要勾她下巴，立即將他的手臂拍走，緊接著抬腿踢在他的手臂上，讓他手中的刀脫手而出。

她動作俐落地接住了刀，反手將熊哥的手腕抓住，快速扣在身後，按著他的身體，將刀尖抵在熊哥的瞳孔上方：「敢碰我，剁了你。」

「他媽的……」熊哥打架向來是野路子，怎麼痛快怎麼打，遇上練家子就不行了。

體育學校的女生的確練過，但是碰上這群沒有規則的野路子，也有點艱難。

許昕朵不一樣，她有實力，還是實戰派，這些年不知遇到過多少次這種場面了。

熊哥死鴨子嘴硬，還想罵人，看到刀尖越來越近後閉了嘴，同時吞咽了一口唾沫。

穆傾亦和邵清和乘坐車子來到十堰廣場，找到他們的時候，看到的正是許昕朵用滑板幫甄龍濤擋刀，接著將熊哥反殺的畫面。

兩個人突然不急了，仗著個子高，站在人群旁看著。

穆傾瑤和路仁迦也在這個時候到了，進入人群裡看到這種架勢不由得一愣。

和想像中不太一樣啊。

許昕朵和熊哥無冤無仇，很快鬆開了熊哥，單手調整刀的位置，接著用大拇指按著刀背，將軍刀收回，遞還給熊哥。

熊哥被一個女生收拾了，面子多少有點掛不住，於是吼道：「妳誰啊，敢惹我？」

有一隊人在這個時候騎著摩托車到了十堰廣場，為首的人直接擠進人群，那架勢簡直不要命，圍觀的人紛紛躲開，讓出了一條路來。

在眾人的注視下，那人騎著摩托車到了許昕朵身邊停下。

黑色的杜卡迪，外形十分拉風。停下後單腿撐地，腿又長又直，讓人忍不住多看一眼。

那人取下安全帽，整理一下髮型後看向熊哥，問道：「你剛才問什麼，我沒聽清楚。」

熊哥看到是童延後，立即笑了，表情秒變：「童少，您怎麼有空來這？」

童延將自己的安全帽扣在許昕朵的頭頂，說道：「找我同學玩啊。」

說著，將許昕朵拉到自己身邊。

「哦，是童少的朋友啊，失敬了，都是誤會。」熊哥回答完，帶著自己的人趕緊跑了。

如果說熊哥是地頭蛇，那麼童家就是地頭龍，熊哥是在童家的產業鏈下混飯吃的。

許昕朵戴上安全帽，扭頭看向童延，童延對著她笑得狡黠：「聽說兄弟有難，來江湖救急了。」

「然後呢？」許昕朵打開面罩問。

「和我一起吃飯。」

「不去。」

「為什麼？」

許昕朵最近聽到嘉華學校那些傳聞有點煩，不想和童延有什麼牽扯。

她煩躁一下說：「不想再傳出我纏著你的傳聞了。」

「哈？」童延不解，下了摩托車問，「什麼傳聞？」

「他們說我瘋狂迷戀你，還死皮賴臉的坐你旁邊。」

童延聽完就樂了，忍不住感嘆：「聽起來挺嚇人的。」

「哼……」

就在這時後面的幾輛摩托車也到了，魏嵐到了後拿下安全帽：「抱歉啊公主殿下，救駕來遲。」

說完看到婁栩，遲疑了一下還是笑著跟她打招呼：「栩栩也在啊。」

許昕朵走過去拿回婁栩的滑板，滑板已經被刀弄壞了，只能對婁栩說：「我賠妳一個吧。」

「沒事沒事。」婁栩連忙擺手，眼睛卻在偷偷看童延。

穿著自己的常服，一身黑配上黑色的摩托車，唯我獨尊的架勢，帥死了，啊啊啊啊，我的少女心啊……

誰知，童延居然主動跟婁栩說話：「栩栩是吧，一起吃飯嗎？」

婁栩是能拒絕得了帥哥的人嗎？

她不是，她答應得特別快：「去去去！」

「那上魏嵐的車吧。」

「啊？」婁栩看了看魏嵐，魏嵐也不太願意。

魏嵐小聲說：「我帶著朵朵吧，你的車坐兩個人太擠。」

結果許昕朵把滑板丟到一旁，對童延說：「說地方。」

「法蘭。」

許昕朵直接跨上了童延的摩托車，坐穩之後扣上面罩，啟動摩托車。

童延站在她身邊問：「我呢？」

「聽說我上次是穿著裙子騎摩托車的？」

童延輕咳了一聲：「裙子壓得好好的。」

「滾一邊去。」許昕朵說完，啟動車子直接騎走。

許昕朵故意的，摩托車轉了一圈之後突然回轉朝著甄龍濤的位置衝了過去，在甄龍濤近處突然停住，前輪揚起，她的身體也跟著站起來。

甄龍濤被這架勢嚇得直接坐在地面上，蹭著後退。

許昕朵並未撞甄龍濤，嚇唬一下就走了，只是車子行駛到穆傾亦與邵清和身邊的時候，她扭頭看了他們一眼。

童延被留下，朝著蘇威走了過去，拿了備用的安全帽戴上，坐著蘇威的車跟著許昕朵走了。

魏嵐看了看婁栩，還是招了招手：「來吧。」

如果不是為了童延，婁栩肯定不願意，不過還是上了魏嵐的車，把滑板隔在兩個人中間。

同行的還有三輛摩托車，也跟著他們一同離開。

路仁迦整個人都傻了。

她親眼看到許昕朵俐落的身手，還看到童延突然出現，維護許昕朵。

童延這個人的性格十分龜毛，從來不順著任何人，卻對著許昕朵笑得那麼好看。

童延那麼討厭別人接近，甚至有些強迫症，卻將自己的安全帽扣在許昕朵的頭上。看著許昕朵騎走了自己的愛駕，雖然有點氣，眼神裡卻全是寵溺。

誰都能看得出來，童延不但不討厭許昕朵，還很寵著她。

不是說童延很討厭許昕朵嗎？

為什麼許昕朵可以得到童延的另眼相看？

他們兩個人已經這麼熟了嗎？

路仁迦覺得自己的心口有什麼碎裂了，一點點崩塌。

嫉妒得眼淚都要流下來了。

許昕朵不過是一個養女，她來這裡才幾天，怎麼可能！

怎麼可能！

她無法接受！

「令妹還挺讓人驚喜。」邵清和看著許昕朵騎著摩托車離開，不由得揚起嘴角感嘆。說真的，邵清和對許昕朵越來越感興趣了，她一次又一次的打破邵清和的認知。

穆傾亦沉著臉沒說話，看向穆傾瑤。

這種驚喜對於穆傾亦來說真的是五味雜陳，在他看來，自己的親妹妹在外面的這些年，似乎過得還挺好的。

這也是她對穆家人毫不在意的原因在吧。

愧疚感沒有那麼多了，卻多了一些難堪。你看，人家本來過得好好的，到了穆家之後反而惹來了一身麻煩，都是穆家帶來的。

邵清和繼續說下去：「她不但不像沒有見識的樣子，相反，她還滿厲害的。成績不錯，在國際班全英語教學的環境也能適應，而且還會飆車。看那技術可不是一天、兩天就能磨練出來的，你說，她還有沒有隱藏的東西？」

穆傾亦嘆了一口氣：「也許不是隱藏，只是你不問，她就不展示而已。」

「也對，我們白跑一趟了，來的時候那麼著急。」想到穆傾亦得到消息時緊張的樣子，邵清和忍不住看向他。

「無所謂。」穆傾亦說完，走到穆傾瑤身邊，看著她沒說話。

穆傾瑤臉上還有一絲沒有來得及收回的震驚表情，那種表情不是驚喜，而是……挫敗。還有不甘心。

明明可以收拾許昕朵一頓，怎麼事情突然反轉了？

穆傾瑤完全沒有想到，事情會這樣發展。

在她看來，許昕朵只是一個鄉野村姑罷了。來了之後許昕朵一直都在裝，說不定哪天就露餡了。

再怎麼會裝，本質是改變不了的。

結果許昕朵沒有露餡，反而逐漸展露鋒芒。

這一次也是一樣，不但沒有被甄龍濤收拾，反而大殺四方……

許昕朵已經跟童延很熟了嗎？

剛才童延看她的眼神是怎麼回事？

難不成，他們兩個人在交往嗎？

如果，許昕朵日後的靠山是童延，家裡還有穆傾亦同情她，那麼穆傾瑤之後的日子會過得十分艱難。

她現在的心情非常糟糕，不安、惶恐、憤恨，甚至還有瘋狂叫囂的暴戾情緒。

結果一扭頭就看到穆傾亦站在她身邊，當即收回表情：「哥。」

「嗯，有沒有嚇到？」穆傾亦問她。

穆傾瑤用有點發顫的聲音回答：「沒有，她……沒事我就放心了。」

「回家吧，妳外婆回來了。」

「外婆來了嗎？」穆傾瑤欣喜若狂。

穆傾亦俯下身，在她的耳邊說道：「不，是妳的外婆，等許昕朵回來，我們會正式處理她的事情。」

穆傾瑤的笑容瞬間收住，詫異地看向穆傾亦。

穆傾亦依舊是之前雲淡風輕的模樣：「走吧，回家。」

「哦……好。」

路仁迦還沉浸在震驚之中回不過神，那種嫉妒到扭曲的模樣幾近瘋癲，被穆傾瑤叫了兩次名字才回過神。

邵清和走過去扶甄龍濤起身，同時說道：「何必呢，耿耿於懷反而丟人。」

甄龍濤站起身對自己帶來的幾個女生道歉，接著跟著邵清和灰頭土臉地往回走，到穆傾亦身邊後，對他說道：「抱歉，今天衝動了。」

穆傾亦看著甄龍濤的眼神有些厭惡，沒回答。

甄龍濤整理一下衣服，飛快看了其他人一眼說道：「我會去跟許昕朵正式道歉，然後，正式追她，不是打賭的那種。」

這句話說完，所有人都愣住了。

甄龍濤看到熊哥的時候有點懊惱，知道今天不能善終了。

結果明明是自己找許昕朵的麻煩，在他即將挨刀的時候卻是許昕朵幫他。

他看著她乾淨俐落離開的樣子，心中突然空落落的……

想明白了。

會那麼在意，這些天會這麼氣急敗壞，是真的一見鍾情了。

當時他滿眼驚豔，目光幾乎無法從那個女孩子身上移開。

後來被一次次拒絕，他把自己的失落歸結於憤怒。

現在終於想明白了，是被拒絕心中難過，卻又認不清楚，才會做出這麼多匪夷所思的事情。

他也不知道，之後許昕朵能否改變對他的印象，對他態度恐怕很難有所扭轉，只能盡力。

開局就是最差的印象，甄龍濤心裡氣得不行，恨不得搧自己兩巴掌。

男孩子就是這樣，越是得不到的，越是最好。

甄龍濤心中的狩獵心起來了，但還有點懵懂，自己也沒搞清自己的情緒。

他居然賤兮兮地想：許昕朵收拾他的模樣，有點帥啊……

♫

法蘭是一家西餐廳，童延經常和魏嵐他們來這裡吃飯，許昕朵自然也知道這裡。

她到了之後將安全帽交給服務生寄存，詢問童延有沒有預訂位子，接著乘坐電梯到了十六樓。

這是一家旋轉餐廳，她到了窗戶邊，坐下沒多久童延也到了，坐在她正對面。

許昕朵看著童延說道：「我在你的衣帽間裡已經搭配好衣服了，怎麼總是穿一身黑？恨不得把鞋底都塗黑了？」

童延的身上穿著黑色蝙蝠袖的寬鬆襯衫，舉起手臂能露出些許腹肌來，褲子是黑色的，鞋子也是黑色的。

「花裡胡俏的，也只有妳們小女生愛看，尤其妳買的蝴蝶結，怎麼那麼騷呢？」童延對許昕朵的搭配並不欣賞。

童延語氣雖凶，卻還是把菜單遞給她：「想吃什麼？」

許昕朵翻看著菜單，小聲說：「想吃霜淇淋……」

童延看了看她，知道她的腸胃無法吃這個，無奈地嘆氣：「換過來。」

許昕朵進入童延的身體後，先是放下二郎腿，接著翻看著菜單點自己想吃的東西。

這些年裡她早就習慣了點東西不看價格，主要是童延也不缺錢。她幫童延那麼多次，花他的錢自然也不會手軟。

點了東西後，許昕朵將菜單遞給剛過來的婁栩。

婁栩看到遞菜單的人是童延，吞咽了一口唾沫，伸出雙手接過，認認真真開始點菜，點菜的時候都帶著姨母笑。

童延從許昕朵的口袋裡拿出手機傳訊息：『妳在自己身體裡的時候只喝茶和溫水，到我身體裡就喝奶茶，還點了霜淇淋，很囂張啊。』

她打字回覆：『女孩子容易胖。』

童延看了許昕朵一眼，看到的卻是自己的身體，多少有點不自在。

他們兩個人還是第一次坐在一起的情況下互換身體，這感覺就跟自己靈魂出竅了一樣，從第三人的角度看自己的身體。

不過他還是沒說什麼，手機打字回覆：『好，妳吃妳的，吃完之後我去健身。』用著童延的身體，許昕朵格外囂張，想吃什麼就吃什麼，根本不怕會胖。

反正童延是一個不會發胖的體質，且常年健身的男孩子。

許昕朵悶頭吃的時候，童延用許昕朵的身體坐在一旁看似優雅地喝了一口熱水，吃了幾根麵，實際上是在打量魏嵐。

媽的，這傻子怎麼老是對他拋媚眼呢，看著怪噁心的。

他的兄弟想泡許昕朵這件事情並不可怕。

可怕的是他在許昕朵的身體裡，被自己的兄弟泡。

這體驗，童延渾身起雞皮疙瘩。

童延說道：「我去一趟洗手間。」

說完起身離開。

沒多久魏嵐也跟著離開，笑呵呵地跟著去了。

蘇威看著這兩個人離開，忍不住問「童延」：「延哥，你這邊得到消息，火急火燎地衝冠一怒為紅顏，結果被魏嵐截胡了？」

許昕朵正吃得開心，突然被蘇威問話，於是問道：「截胡什麼？」

「他們單獨走了。」

「走唄。」許昕朵回答完，繼續低頭吃東西。

婁栩作為魏嵐的前女友毫不在意，只是在吃飯的時候偷看童延。

啊啊啊，他怎麼那麼好看！他的刺青跟他好搭哦！啊啊啊，吃飯都那麼可愛！

童延從廁所裡走出來，看到魏嵐靠著欄杆等他，不由得翻了一個白眼。

真是騷不過。

他洗手的時候，魏嵐立即走了過來，對他說道：「朵朵，吃完飯我們兩個人單獨溜走吧。我訂了兩張電影票，我們去看電影，看完送妳回家。」

「不想看。」

「新上映的，評價特別好，我保證妳會喜歡的。」

「不想看！」童延擦了擦手，朝著座位的方向走。

結果童延剛走兩步，就被魏嵐拉住手，拽著他回過身，同時湊過來低聲說道：「妳知不知道，聽說甄龍濤要找妳麻煩的時候，我的心臟都要跳出來了，趕緊帶著人去找妳。」

童延揚眉，明明是他得到消息，帶著魏嵐他們過來的，結果魏嵐私底下搶功勞？

要不是換過來，他都不知道。

童延將手抽回來，接著將魏嵐湊得太近的臉推走：「你這種種馬和我在一起，容易被我打死，我勸你為了自己選擇多活幾年吧。」

「怎麼能算是種馬呢，我在遇到妳之後發現，我最喜歡的還是妳這種類型。以後妳就是我的公主，我是妳的騎士，好不好啊公主殿下。」

這話把童延噁心笑了。

受不了。

他有點想動手。

「再噁心我，我打死你。」童延說完就往回走，途中收到了一則訊息，點開是婁栩傳來的。

婁栩：『（好友聯絡人）。』

婁栩：『穆傾亦的帳號，他想加妳好友，應該申請了，妳通過一下。』

童延坐下的同時同意了好友申請，看到了穆傾亦傳來的訊息：『調包妳和瑤瑤的女傭人目前在穆家，等妳回來一起處理這件事情。』

他看著手機，不動聲色的截圖傳給許昕朵。

許昕朵看了訊息後遲疑了一下，接著看到童延說：『是妳去，還是我去？』

許昕朵打字回答：『我去吧，我想看看他們是什麼態度。』

童延問她：『所以，妳對這家人還有最後一絲幻想嗎？』

許昕朵看著手機螢幕許久，沒有回答。

♫

許昕朵是和婁栩一起回去的，婁栩家裡的司機開車過來，並沒有讓幾個男生送。

童延看著許昕朵上車後，默默地騎著摩托車一個人去了養老院。

童延這種有刺青，騎著摩托車的少年跟這裡格格不入，門口的保全特地走出來詢問童延身分。童延報了許奶奶的房間號，並且拿出了房間副卡，保全才放他進去。

許奶奶房間的副卡，許昕朵和童延一人一張。

童延和許昕朵幫許奶奶安排的養老院，算是本市最好的一家。

養老院旁邊就是森林公園，位置臨近河邊，養老院內的環境綠化率也很高。

距離養老院不遠就有一家大型醫院。

許奶奶住的是一間河景房，走進去是客廳以及開放式廚房，裡面則是臥室和衣帽間，單人單間。

童延回國後還沒去看過許奶奶，跟護理員打聽到許奶奶睡覺了，這才刷卡進入了許奶奶的房間。

他想在房間裡看看許奶奶。

為了不嚇到許奶奶，他特地穿上護理員的服裝，因為這裡的護理員偶爾會刷卡進入，幫許奶奶處理房間裡的垃圾，或者是檢查身體。

童延走進去後坐在床邊，拿過床頭掛著的體檢單翻看，再看看許奶奶的情況，確定沒什麼問題才放心。

童延經常和許昕朵互換身體，和許奶奶相處的時間也很多。

對於許奶奶，童延也是有感情的。

在國外的時候，他時常打聽許奶奶的情況，回來後親自看一看許奶奶才能放心。

就在他翻看報告單的時候，許奶奶翻了個身，醒來了，隨後看向童延問：「怎麼不開燈啊？」

「哦……我怕吵醒妳，我這邊已經差不多了，等一下就走。」童延說著站起身來，緊張的時候下意識用手指摸了摸鼻尖。

許奶奶看著他，伸手攔住了他，同時坐起身來：「別著急走，我都沒看清楚你呢。」

「啊，嗯，您有什麼事嗎？」

許奶奶看著童延，從上打量到下，接著看向他的臉頰：「還挺帥的。」

童延心裡莫名緊張起來，有點搞不清楚狀況，於是試探性地問：「我怎麼了嗎？」

「上次我被急救的時候雖然迷糊，卻也看了你兩眼。」

童延重新坐下，看著許奶奶問：「妳知道我了？」

許奶奶笑容溫和：「我的孫女一下子換一個性格，我難免會多想。我沒讀什麼書，想孫女是不是被鬼附身了，甚至跑去跟人打聽精神分裂症。想過很多，又覺得都不太對，直到上次搶救看到你們兩個在一起，正好是我熟悉的兩種性格，突然就明白過來了。」

許奶奶確實沒讀過太多書，但是她不傻。

她能夠注意到許昕朵性格經常不太一樣，心中著急，卻這麼多年都沒有過問過，只是暗暗著急。

她摸清楚許昕朵的習慣、性格大致分為兩種。

一種是她熟悉的孫女性格，很冷靜，但是睚眥必報，十分堅韌。

一種突然出現的性格，張揚、霸道、囂張得不行，卻又十分善良。

等她想明白了，也沒說過什麼，是童延主動來看她，她才願意提起這件事情。

童延擦了擦額頭的汗，到底是熟悉的人，根本瞞不過去。

於是他點頭回答：「嗯，沒錯，我和許昕朵從七歲開始就有這種情況了。」

「你們的身體沒有問題吧？」

「沒有，去檢查過。」

「那就好。」

童延又看了看許奶奶，趕緊起身幫許奶奶倒杯水，送到許奶奶的手邊，接著重新坐下。

童延想了想後，問許奶奶：「您在這邊住得習慣嗎？」

「嗯，都挺好的。」許奶奶喝了一口水，「朵朵那邊怎麼樣，有沒有受委屈？」

「還是那樣，穆家人的腦子有病，對外宣稱她是養女，這麼委屈自己的親生女兒，他們也做得出來！」

「我也聽朵朵說起過，穆家的說辭是穆傾瑤和沈家有婚約。」

「嗯，對。」童延點頭。

穆家和沈家兩家屬於商業合作關係，用婚約來穩定與合作夥伴的關係，以此捆綁，利益交換。

穆傾瑤和沈築杭青梅竹馬，現在也是情侶，兩家明知早戀也不會管，畢竟有婚約在。

這種時候如果說出穆傾瑤其實不是他們親生的，許昕朵才是，沈家那邊沒辦法交代。沈家不會讓養女做沈家的兒媳婦，可是更換婚約對象，更是尷尬。

都說，喜歡過同一個男生的兩個女生，無論如何，只會成為敵人。

如果這樣處理，穆傾瑤和許昕朵之間的關係就更無法修補了。

如果解除婚約，沈家肯定會遷怒，到時候說不定會影響家中的生意。

所以，穆家父母在思前想後之後，做出的決定就是對外宣稱許昕朵是穆家的養女，這樣完美地解決了婚約問題，還可以保留穆傾瑤的尊嚴。

他們覺得，加倍補償許昕朵就是了。把許昕朵從農村接過來，讓許昕朵享受榮華富貴，就是很好的補償。

許奶奶垂下眼瞼，低聲說道：「朵朵不鬧，恐怕是換位思考了，如果是穆傾瑤來到我們家裡，我對外說穆傾瑤是養女，對自己養大的孩子更好，朵朵也許……」

說到這裡，許奶奶苦笑起來。

童延察覺到了，問道：「事發後，穆傾瑤有來見過妳嗎？」

「沒有，我想……她恐怕不想認我這個親奶奶。」

童延跟著冷笑：「對，有錢的才是親的，確實是那個女的性格。」

「所以我很慶幸，我養大的孩子是朵朵，還遇到了你，你們兩個都是好孩子。」

許奶奶雖然知道童延是許昕朵另外一個性格的主人，卻不知曉童延的家世背景，更不可能想到在農村玩得那麼開心的童延其實是財閥大少爺。

她現在看到的只是一個少年，她在農村待了許久，也不認識什麼名牌衣服，是純粹的喜歡這個孩子。

童延的身上帶著少年獨有的傲氣與淩厲，脖頸上還有刺青，不是討長輩喜歡的樣子，但是不影響許奶奶的喜歡。

童延伸手拉住了許奶奶的手安慰：「以後我就是您親孫子，我孝順您。朵朵被認走，您也挺難受的吧？」

「嗯，我當時身體不行了，沒辦法照顧朵朵。我不過是想讓朵朵去找外婆，希望能聯繫上朵朵的媽媽，結果被穆家少爺碰到，事情就此發生了。其實我並不驚訝……以前我偶爾也想過，我的兒子和兒媳婦應該生不出這麼漂亮的孩子，我兒子身高才一百七十三，怎麼生出身高一百七十五的女兒來？轉念一想，她外婆也不能偷一個孩子來給我吧，就沒往深處想。」

「您也是心大，就不怕是兒媳婦給您兒子戴綠帽？」

「就算是別人家的！她也是我的朵朵！」許奶奶突然提高了音量，隨後又軟了態度，「我太瞭解朵朵的性子了，特別好強，遇到委屈了，就說一些狠話偽裝自己，好像多無所謂似的，其實哪能一點都不在乎呢？你平時多照顧照顧她。」

「嗯，我會的，她是我的姑奶奶。」

許奶奶見童延這麼說，立即笑了起來。

兩個孩子都是她看著長大的，是什麼樣的性格她都瞭解，這兩個孩子聚在一起，只要不是天塌下來這種自然災害，他們都可以一起搞定。

♫

穆傾亦坐在客廳的沙發上，翹著二郎腿，單手拄著下巴，頗有興致地看著哭著求饒的老傭人。

穆傾瑤看到老傭人腳步一頓，老傭人居然哭著朝她爬來，披頭散髮，嚇得她連連後退。

「我是妳外婆啊！大小姐，我是妳的親外婆啊，是我讓妳能在穆家生活十六年的！」老傭人哭著說道。

穆傾瑤連連搖頭：「不、不……」

她不想承認。

她知道家裡的老傭人對自己很好，但只是覺得這是她的本分。

現在得知這個傭人居然是自己的親外婆，她真的很難接受。

噁心。

好噁心。

低賤的傭人居然是自己的親人，想想就覺得噁心。她一直都是高高在上的，是被人捧在手心裡疼愛的千金小姐，怎麼可能是這個老東西的外孫女？

「妳求求少爺，讓他放過我吧，我肯定捲舖蓋滾蛋，絕對不再打擾你們的生活。」老傭人繼續哭嚎。

穆傾瑤抿著嘴唇忍著眼淚不說話，她不知道，她沒做錯任何事情，她完全不知情，為什麼要這麼對她！

許昕朵是在這個時候回來的，推門走進來後掃視屋中眾人一眼，接著走向廚房。

她到家習慣先喝一杯溫水。

喝完水後許昕朵走出來，看到自己曾經的外婆依舊面無表情，本來就沒有什麼感情，自然不會在乎。

最多的是憤怒。

只想著自己孩子的榮華富貴，把她換走，做出這種事情真的是蛇蠍心腸。

許昕朵坐在沙發的另外一邊，穆傾亦本來就在等她，見到她回來之後，穆傾亦才開口：

「我打算送她去瘋人院。」

老傭人的身體一瞬間垮了。

「可是她沒有精神病啊！」穆傾瑤下意識說道。

老傭人以為穆傾瑤要幫她求情，立即抱住穆傾瑤的腿，被她嫌棄地推開，躲得更遠了。

穆傾亦將這一切看在眼裡，也不多評價，只是緩聲說道：「這種事情送去警局也判不了什麼，頂多關幾年？但是送去瘋人院可以關一輩子。至於有沒有病……到了那裡根本解釋不清楚，說她有病，就是有病，她做什麼事情都是有病。」

穆傾瑤聽完，嚇得瑟縮了一下。

許昕朵突然打了一個響指：「妙啊。」

穆傾亦扭頭看向她：「妳不想替她求情嗎？」

許昕朵搖頭：「不想，對於我來說她只是一個可恨的陌生人，該求情的應該是姐姐吧，畢竟是她的親外婆。」

許昕朵與這位女傭，這些年裡只見過兩次面，七歲那年一次，許昕朵來穆家找女傭一次。每次都是不歡而散，一點感情也沒有。

嚴格說起來，女傭是改變了許昕朵命運的仇人，這個仇人當然是越慘越好。

穆傾亦注意到，原本冷漠的親妹妹突然來了精神。

她對穆傾瑤說道：「姐姐，瘋人院裡還有很多其他的事情呢，餵藥啊、電擊啊什麼的。更崩潰的是和一群神經病在一起吧，天知道室友會不會有暴力傾向，瘋人院裡的病人殺人不犯法吧……」

許昕朵故意說一些有的沒的，不管是否真實，全往嚇人了說，以此來嚇唬穆傾瑤和女傭，等著看這兩位的反應。

接著，許昕朵扭頭看向穆傾亦：「哥哥，你說是吧？」

語氣婊裡婊氣的，笑容狡黠，表情裡甚至出現了一絲裂縫，從縫隙中蔓延出黑霧來，逐漸黑化。

然而穆傾亦的注意點卻是……她，叫他哥哥了。

第六章　謠言

女傭人不知道許昕朵說的是真是假，只是道聽塗說來的消息說，有些的瘋人院，真的是這樣的。

於是她開始恐懼，進入癲狂狀態，失控地大叫，模樣更加慘烈地撲向穆傾瑤，像一條發了瘋的狗。

她喊穆傾瑤的名字：「瑤瑤，我是妳的親人啊，是妳的至親啊，還有妳的媽媽，我讓妳的媽媽也過來跟妳跪下好不好？瑤瑤，救救外婆，不要讓他們這麼做，好不好？」

穆傾瑤剛開始還能推開女傭人，此時完全推不開了。

她是嬌生慣養大的，哪裡有女傭的力氣，根本掙脫不開。

穆傾瑤嚇到不行，想要跟穆傾亦求助，結果穆傾亦根本不理她。

家裡的傭人都被趕出去了，只有他們幾個人在。穆家的父母一個坐在單人沙發上看著，一個不想看這種場面，頻繁出現在樓梯口，就是不敢下來。

穆傾瑤崩潰地大喊：「妳不要碰我，妳走開，我不是妳的親人。」

「妳是啊！妳是我看著長大的啊瑤瑤！沒有我，妳哪裡會有這麼光鮮的十六年？妳只會在村子裡長大，能不能讀得起書都不一定，是我讓妳改變了命運，我都是為了妳，妳不能不管我啊！」

許昕朵聽到這裡微微瞇起眼睛。

這個女傭明知會是這樣的命運，還把她送到鄉下去，這種人怎麼不去死呢？

「不，我不是，我姓穆！」穆傾瑤拚命否認，竭盡全力地推開女傭。

「妳可以不認我們，妳已經能夠繼續留在穆家享受富貴了，就不能幫忙求求情嗎？我給妳帶來了這麼大的好處，妳就這麼對我嗎？真是狼心狗肺，白眼狼！」女傭憤怒了，對於這種不知感恩外孫女，感到心灰意冷。

穆父看不下去，想要控制住女傭，卻被穆傾亦攔住：「爸爸，這是她們家的家事，我們等著她們討論結果就行了。」

穆傾瑤看到穆傾亦冷漠的樣子，還有說出的那句話，一瞬間慌了神，慌亂地說：「爸爸！哥！幫幫我，把她轟出去！」

穆傾瑤這個舉動徹底惹怒了女傭，她猙獰地笑，扯著穆傾瑤的褲子不鬆手，被穆傾瑤拽著躺在地面上蹭著移動：「轟我出去？我是因為妳才這樣的！妳就應該去農村裡受苦！就跟她一樣，被她奶奶用麵糊養大，到現在吃的不對勁就會腸胃不適，動不動就生病！等她老了肯定渾身是病！」

女傭說話的時候，看了許昕朵一眼，眼裡並沒有愧疚，全是扭曲的情緒。

穆母在樓梯間，第一次聽說這樣的事情，突然紅了眼眶。

她捂著嘴，蹲在樓梯間從欄杆扶手的空隙看向樓下，想到自己親生女兒受的委屈，突然心疼得不行。

在農村的那些年，許昕朵一定吃了很多苦吧？

虧她還是許昕朵的親生母親。

「才不是……」穆傾瑤依舊不想承認。

女傭繼續聲嘶力竭地吼穆傾瑤：「妳是看穆家有錢，能給妳想要的生活才留在這裡的，妳真的跟父母有那麼深的感情嗎？不見得吧，要是妳的親生父母更有錢，妳高高興興的就去了是不是？」

「不會的！妳亂說！」

「妳厭惡我和妳的親奶奶，只是因為我們會成為妳的拖累！」

穆傾亦翻了一個白眼，隨後嘆了一口氣，揉了揉耳朵，說道：「太吵了，我聽得煩了。」

穆家人對這位大少爺非常看重，他開口後同時安靜下來，女傭看向穆傾亦，開始跟他求情，再次爬了過來：「大少爺，您放過我好不好？我這些年都對您很好，您忘記了嗎？」

穆傾亦將女傭踢開：「其實我一直在等，如果妳們過來跟苦主道歉，或許還能相對留情。但是妳們兩個人全程沒有任何愧疚，只是在爭辯一些奇奇怪怪的東西。」

苦主許昕朵側頭看向穆傾亦，穆傾亦並沒有看她，而是一直看著穆傾瑤與女傭人。

她沒有說話，等待著穆傾亦如何處理，就看到穆傾亦低頭看手機，同時打字：「我會安排好瘋人院的，環境不太好，適合妳，放心吧。」

放心吧，不會讓妳好過的。

穆傾亦安排完，就有人進來把女傭帶走了。被拽出去的時候，女傭發出殺豬一樣的叫聲，聽起來很嚇人。

她終於想到要跟許昕朵道歉，然而已經晚了。

穆傾瑤看著女傭被人帶走，臉上還有沒有褪去的驚慌，接著含著眼淚看向穆傾亦，顯得楚楚可憐。

穆傾亦看向穆傾瑤，開口說道：「妳畢竟是我的妹妹，我不會難為妳的，妳可以繼續鳩占鵲巢，留在穆家，父母都捨不得妳，而且還會把妳嫁去沈家。妳享受了穆家帶來的這些，也要做出點犧牲，做沈築杭的未婚妻就是妳的任務。但是妳要把他管好了，別再利用他作亂，很低級，很可笑，彷彿雜耍。」

穆傾瑤再也支撐不住，頹然地跌坐在地板上。

她知道，她的哥哥不傻，能看出她的小心機。

她現在在穆家的用處只有一個，就是鞏固和沈家的關係，嫁給沈築杭。原本很願意的事情，竟然多了一絲被動的情緒來。

許昕朵看完戲，覺得可以了，站起身朝著樓上走。

穆傾亦沒有攔她，目送她上樓，路過穆母身邊的時候，穆母拉住了她的手腕問道：「妳的身體不太好嗎？我帶妳去醫院看看好不好？」

許昕朵腳步微微停頓，接著微笑著說：「沒事，我都習慣了，妳去安慰妳的女兒吧，她嚇壞了，我回去休息了。」

穆母聽到許昕朵的話之後手指一顫，在許昕朵冷漠的目光下鬆開她的手腕。

許昕朵說去安慰妳的女兒吧。

所以在許昕朵的心裡，自己並不算他們的女兒嗎？

許昕朵說過，她的確對親生父母失望……

這個時候，穆父在樓下叫住許昕朵：「傷害過妳的人我們已經處理了，妳也不必再擺著那張臭臉，道理跟妳說了很多次，我們也是權衡之後才做出這樣的決定來，瑤瑤的身分不能改！妳也別太不識抬舉了，一點也不懂事，不能體諒大人的不容易。」

許昕朵薄薄的嘴唇緊抿著。

又成了她的不對了。

許昕朵回答道：「無所謂。」

說完，直接上樓回到房間裡。

穆父氣到不行，養大的女兒不是自己親生的。自己親生的又總是板著一張臉，高高在上的模樣，好像他們虧欠她似的。

如果公開了真實身分，穆家的產業垮了，這個親生女兒就開心了是不是？

太不懂事了！

終究不是自己養大的，不知道體諒父母。

穆父氣得跟穆傾亦抱怨：「你看看她是什麼態度？啊？我自問我做得已經夠好了，任誰家裡碰到這樣的事情不會焦頭爛額？我對她還不好嗎？你看看她身上穿的，手上拿著的手機，還有帳戶裡的零用錢，哪一樣不是我給她的，她怎麼就不知道滿足呢？她還想我怎麼樣？讓我痛哭流涕，讓我給她跪下不成？」

穆父一直是大男子主義的男人，平時忙碌的都是事業上的事情，許昕朵來到家裡後，穆父回家的頻率已經增加很多了。

在穆父的觀念裡，這已經是他最大的重視了，這個女兒到底怎麼回事？

他對她已經夠好了！

穆傾亦看著父親微微蹙眉，最終什麼也沒說，跟著上了樓：「我去看書了。」

穆母看著兩個親生孩子都是這樣的態度離開，立即對穆父說道：「你少說兩句。」

穆父則是看向穆傾瑤說道：「瑤瑤，起來，別管他們什麼說，妳還是爸爸的女兒，爸爸會對妳好的，剛才嚇到了沒？」

穆傾瑤立即撲到了穆父的懷裡痛哭：「爸爸！」

之後便是一齣父女情深。

♫

週日晚上。

許昕朵在夜裡爬起來，扶著櫃子走到書桌邊打開抽屜，抖著手拿出止痛藥。

房間裡沒有她的水杯，喝水只能下樓，但是小腹的疼痛讓她無法支撐到樓下。

只能直接將藥吞進去，錘了錘胸口才咽下去。

穆家提供了住的地方給她，卻沒有她專屬的杯子，她用的都是客人用的杯子，房間裡也沒有飲水機。

她一直在等，等待著所謂的家人能注意到，買來給她。

此刻她才發現，自己真幼稚，期待什麼呢，還是自己買吧。

真矯情，不過是一個杯子。

她已經不想移動了，只能趴在書桌上忍著。藥效還沒來，腹痛難忍。

這一次是被穆家的事情分了神，不然她一般會在確定生理期即將來臨時，提前吃止痛藥。

她體寒，經痛十分嚴重。

嚴重到那幾天總會讓她感覺，能活下來是慶幸。

這些恐怕也跟她早年吃不飽穿不暖有關係。

許奶奶孤家寡人一個，能幹的活少，收入幾乎等同於零。他們家裡經常連買煤炭的錢都沒有。家裡所有的錢都存著給許昕朵交學費，許奶奶堅持的只有這件事，不能讓許昕朵當文盲。

東北方的冬天很冷，許奶奶帶著許昕朵上山撿一些柴火。一個老，一個少，都沒有力氣砍粗壯的樹，只能砍些細一點的樹枝，有時還要去刨雪。有了柴後，許奶奶會在睡覺前燒一爐，但後半夜就涼了。

許奶奶有時會在半夜爬起來再燒一次爐子，後來身子撐不住了，只能睡覺前燒一次。

許昕朵經常趴在被子裡瑟瑟發抖。

她的腳上生過凍瘡，這些年好了一些，但是總會時不時復發。

復發的症狀很癢，突然溫熱了還會更嚴重，甚至起水泡、發紅。

童延曾經問許昕朵是不是有腳氣，許昕朵笑了笑沒回答。等年齡大了一些，童延懂事了就沒再提起過這件事情，只是默默照顧。

她趴在桌面緩了一下，突然有人小聲敲門。

她看著門不想動，那人沒有停留，說了一句：「我把東西放在門口了。」

說完就走了。

是穆傾亦的聲音。

許昕朵的肚子好一些了，沒有那種絞痛感了才扶著牆壁起身。

打開門，看到門口放著一個盒子。

一臺桌面淨水器，還有一套杯子。

她扶著門框蹲下身，看著盒子發呆，接著探頭往外看。外面沒有人，穆傾亦早就回去了。

她拿著東西回到房間裡，將門反鎖，東西隨手放在一旁，回到床上躺下。

拿出手機，看到童延傳的訊息：『妳把止痛藥放在床頭，這兩天生理期來。』

她打字回覆：『已經來了。』

童延：『疼嗎？我們換過來？』

許昕朵：『我吃了藥了，準備睡覺了。』

童延：『嗯，早點休息吧，實在不行明天請假。』

她沒回訊息，想要把手機放在床頭櫃上，卻掉在了床邊。

她懶得管了，將身體埋進被子裡，埋頭開始睡覺。

這個止痛藥是童延買給許昕朵的，說沒有依賴性，但是對腸胃多少有點刺激。往常有準備的話許昕朵會提前吃一些東西，今天實在是疼得急了，明天大概不會太好受。

童延和許昕朵這些年都很小心，童延會暗中幫助許昕朵，郵寄一些東西給許昕朵，還不能讓許奶奶發現，所以多半是止痛藥這些小東西。

在許昕朵到穆家之後，童延才大大方方的買東西給許昕朵，光是止痛藥等物品就備了一小個收納盒。

別人搬家行李多，許昕朵是帶著童延買的給她的衛生棉來的。

她每次經期都會維持五到七天才結束，也就是會痛苦這麼多天，量大、天數長、不太穩定，衛生棉是許昕朵平日裡必備的東西。

許昕朵早上起得很早，在鄉下的時候她會在上學前做早飯給許奶奶吃，作息已經如此了，沒改過。

洗漱完畢後，蹲下身研究淨水機，安裝好之後接了水，按了按鈕看著溫水流出來，為自己接了一杯，喝下去暖暖的。

她雖然吃了止痛藥，還是有腰痠、輕微頭疼的症狀，心情壓抑，偶爾會上吐下瀉，只是次數非常少。

光是腰痠就夠她難受的了。

她無精打采地下了樓，進入餐廳穆傾瑤和穆傾亦都在了，她坐下之後低聲說道：「謝謝。」

「不用。」穆傾亦回答。

穆傾瑤抬頭看著他們兩個人，沒有說什麼，繼續喝粥。

穆傾亦再次開口：「家裡安排了專屬司機給妳，車也買好了。」

說著，把一張名片給許昕朵，昕朵看了看，是專屬司機的名片。

她揹著書包走出家門，看著停在院子門口的車不由得揚眉。

家裡送他們的車都是 Porsche Cayenne，穆傾瑤的是白色的，穆傾亦的是銀灰色的，她的車居然是粉色的。

她倒是覺得無所謂，只是不知道童延看到這輛車會是什麼心情。

上車後，許昕朵見到自己的專屬司機，還是一位女司機，回頭跟許昕朵打招呼：「妳好，我叫德雨，品德的德，下雨的雨，不過他們都叫我德語，德國語言的意思。妳想叫什麼就叫什麼吧，無所謂。」

許昕朵坐下之後跟她打招呼，接著問：「妳是我的專屬司機，平日裡還有其他的事情嗎？」

「沒有，就是隨傳隨到，也沒有假期，妳出門叫我就是了。不過這工作也清閒，妳去上學之後我什麼事都沒有了。」

德雨一看就是東北長大的，說話的時候大大咧咧的。

這性格倒是討許昕朵喜歡，她點了點頭，心裡盤算著，要不要讓德雨沒事做的時候做專車司機？這樣她還能賺點錢，到時候可以和德雨按比例分。

不過她也只是想想而已，跟德雨不熟的時候不會提起。

她坐在車上收到了童延傳來的訊息：『（圖片）。』

童延：『氣得我腦殼疼，我想去二班打他。』

許昕朵點開截圖，看到的是甄龍濤發了一篇文章。

樓主（甄龍濤）：『我是甄龍濤，對於之前打賭的事情正式跟許昕朵道歉，並且正式向她表白。我是真的喜歡她，想要正式開始追她，並非因為打賭，就算對手是童延也要努力拚一把。』

文章就此結束。

中二病又槽點滿滿。

許昕朵：『他又換花招了？』

童延：『不知道，他現在在我們班門口呢，說等妳來要親口道歉，我想把他從三樓扔下去。』

童延：『友情提示，圍觀者眾多，做好心理準備再來。』

許昕朵：『我生理期來了心情不好，你能勸勸他嗎？讓他為自己留一條生路。』

童延真的挺看不上甄龍濤的。

他這個人護短，這傢伙跟人打賭追許昕朵，這件事已經觸犯到童延了。

童延總覺得只是把他踢進湖裡，真的是太輕了，應該要揍一頓才是。

但是他現在還不能動手，主要是許昕朵到他身體裡這些年，簡直將他的人物設定扭曲得一塌糊塗。

他現在是什麼樣的人設呢？

優雅的鋼琴小王子，國際班的學神人物，冷漠、高貴、凡人勿近。

這也導致他現在如果想打架，都要先說開場白：「您好，請問我可以削……不，毆打您嗎？我會先直拳您的面門，接著再一腳將您踢飛，您看這樣的方式合適嗎？」

童延心裡苦，但是童延不說，因為他惹不起他的姑奶奶。

他只能打一個響指，朝蘇威使了一個眼色。蘇威立即懂了，站起身來走了出去。

蘇威走出去的時候還拍著籃球，彷彿只是打算出去玩籃球，路過甄龍濤後看到他手裡的花無語了：「說真的，你這樣出現許昕朵會更煩你，非常尷尬好嗎？那種擺蠟燭搞浪漫當眾表白的，都挺傻的，能成功才怪，看了尷尬癌都要出現了。」

甄龍濤看到蘇威就問：「童延讓你來的？」

提及童延，圍觀人群突然興奮起來。

其實甄龍濤的文章，別看沒幾個人留言，但是早在嘉華國際學校內引起軒然大波。

學校論壇裡提及童延的文章，一向很快就會被刪除，回了也是白回。而且，童延能刪除文章，就有手段知道匿名之下發文人的真實身分。這讓大家都小心翼翼的，不敢說童延任何壞話。

但是甄龍濤說童延在追許昕朵？

真的假的？

童延的迷妹們第一時間否認：放屁！

『甄龍濤是腦殘嗎？自己惹了一身腥，就想拉童延下水？』

『就是，童延需要追嗎？童延勾勾手指頭，許昕朵就跪下舔鞋了。』

『拜託，童延才回國幾天啊，他會和甄龍濤搶一個鄉巴佬嗎？』

『這世界上有需要童延去追的人？』

但是也有八卦群眾表示：有可能啊。

『這個文章已經存活三十分鐘了，看看這點擊率，童延肯定知道了，但是沒有刪文。這說明了什麼？說明他默認了。』

『那個許昕朵確實挺漂亮的，這點需要承認。』

『現在兩個人坐隔壁，近水樓臺先得月。』

很快，學校裡開始流傳起週末的事情。

甄龍濤帶人去找許昕朵麻煩，偶遇熊哥，最後童延親自救場。

而且，童延還把自己的安全帽和摩托車讓給許昕朵，之後一行人和許昕朵一起去吃飯。

甄龍濤是當事人之一，謠言恐怕是真的。

正因如此，才有了這麼多人圍觀。

其實只有甄龍濤對許昕朵道歉，關注度不會這麼高，但是提及童延，就會成為很多人關注的事情了。

現在蘇威出來趕甄龍濤走，甄龍濤還說了童延的名字，圍觀群眾表示：真沒白來。

誰不知道蘇威平日裡和童延形影不離，兩個人的關係非常好？

蘇威在童延身邊跟小跟班一樣，但是別人看到蘇威，也是客氣客氣的。

蘇威蹙眉看著甄龍濤，扯著嘴角笑：「你稍微動動腦子，能累死你？就你這樣的能追到女孩子才怪。」

他說完也不管了，拍著籃球出去，根本不想再跟甄龍濤說話。

甄龍濤站在門口想了想，托人將花放在許昕朵的桌面上，接著扭頭離開。

等許昕朵來的時候，圍觀群眾已經散了大半，只有幾個人站在走廊裡佯裝聊天，其實是想看看許昕朵來了之後，見到花會是什麼反應。

許昕朵來時沉著一張臉，進門後看到花，遲遲沒有坐下。

童延坐在座位上，靠著椅背，椅子用兩條後腿撐著，晃著椅子抬頭看向許昕朵。注意到她謹慎地盯著花看了半晌，隨後拿來一根棍子戳進花裡面，不禁納悶：「妳這是搞什麼？」

「你說花裡會不會藏了一條蛇？」

童延被許昕朵逗笑了：「我總算是知道什麼叫一腔真心餵了狗了。」

「什麼意思？」

「甄龍濤這架勢肯定是要真的追妳了。」

「他有被虐傾向？」

「不，只是妳這個女人成功引起了他的注意。」

許昕朵真的搞不懂，把花丟進一旁的垃圾桶裡，接著坐下整理作業。

她週末時狀態不好，都沒怎麼寫作業，到了早上開始補作業。

班長安排早自習，許昕朵一邊跟著唸課文，一邊拚命地抄寫作業，直到婁栩突然打來語音電話又掛斷，許昕朵才被轉移了注意力。

婁栩：『氣死我了！我不過就是回答了一個問題，他們就斷章取義，拿來做文章。』

婁栩：『妳看論壇了嗎？』

婁栩：『妳在嗎？』

許昕朵：『等一下聊，我抄作業呢。』

（對方取消了語音通話）

婁栩：『哎呀，妳好好看書吧，都被嘲諷了。』

許昕朵看著手機納悶了一瞬間，然而小老師已經開始收作業了，她沒管婁栩，繼續抄寫作業，速度提高，字也寫得越來越醜。

寫了一下子把另一本作業本拍在童延的面前：「幫我把這個寫一下。」

早自習已經結束，就算許昕朵的聲音不大，還是有不少人聽到了。

大家震驚地回頭，懷疑自己聽錯了。

許昕朵讓童延幫她寫作業？

她瘋了嗎？

結果大家就看到童延拿來許昕朵的作業本翻開看，同時還拿了筆，一邊幫許昕朵寫作業，一邊問：「妳怎麼這麼多沒寫？」

「心情不好。」

「嗯，理由十分充分。」

國際四班的學生齊齊覺得他們眼瞎了。

許昕朵不怕童延也就算了，居然還讓童延幫自己寫作業？

最離譜的是，童延還同意了？

還真的幫她寫了？

是他們精神錯亂了嗎？

太魔幻了。

等到即將上課，小老師要送作業給老師了，許昕朵和童延才堪堪寫完。

許昕朵呼出一口氣來，活動一下有些痠的手，拿手機看婁栩傳來的訊息。

原來，甄龍濤發的文章一直沒有刪，還在。

漸漸的還是有人留言了。

十五樓：『什麼情況，文居然還在？』

十六樓：『據說，週六那天童延曾經英雄救美，救的就是許昕朵，之後兩個人還去約會了。』

十七樓（劉雅婷）：『胡說，不可能的事情，胡言亂語的人找死吧？』

十八樓：『勸你們不要亂說，兩個人根本不可能，也不看看許昕朵什麼條件，成績一般，還是個養女。她是農村長大的就更不用指望她能會什麼技能了，恐怕連鋼琴曲都不知道幾首，這樣的人童延能喜歡？而且家世和童家本來就不配，童家真要找兒媳婦也不會找穆家這種家庭的，差了一個檔次，更何況是養女？』

二十七樓：『@十八樓，看看這小論文，談婚論嫁了？男生都是膚淺的，看臉！憑許昕朵那兩條大長腿，加上那張臉就夠格了。』

二十八樓：『長得好看有什麼用？還不是出身貧賤，也不太聰明的樣子，粗魯得要命。』

二十九樓：『我問過婁栩了，婁栩都親口承認許昕朵成績不好了，在他們補習班吊車尾，學渣。』

三十樓：『我是國際四班的，實不相瞞，剛才童延在幫許昕朵寫作業。』

三十一樓：『……』

三十二樓：『求錘得錘？』

三十三樓：『我靠，讓我們學神幫寫忙作業，許昕朵好大的面子！果然汙水會汙染環境，才來沒幾天，就把童延帶壞了！』

三十四樓：『我有一種預感，童延會被這個鄉野來的養女帶成一個混混，就此跌落神壇。』

三十五樓：『建議熟人告訴童延的媽媽，按照童延媽媽的性格，許昕朵幾天會就會徹底消失，滾回農村去。』

三十六樓：『仙氣吸夠了，想試試野味？』

許昕朵拿著手機給童延看：「他們怎麼那麼閒呢，利用這些時間幹點正經事不行嗎？」

童延隨便瞥了一眼後回答：「他們能有什麼正經事？在家裡只會躺床上滑手機，呵呵的笑，難得有個動作也只是喝口可樂。上課不能有聲音，就看小說逛論壇唄，這就是私立和明星高中的區別。」

「怎麼天天聊這些啊？」

「王婆、劉嬸，還有那個什麼什麼妯娌，到奶奶家裡一坐一整天，不就是聊東家長西家短的？他們看起來多高大上，其實只是換個方式八卦而已，人類本性。」

童延有的時候真的不像個大少爺，換了身體後，到了許奶奶身邊，好幾次頗有興致地坐在炕上，盤著腿聽那幾個婆婆聊八卦，還時不時抓一把瓜子。

所以他特別能理解這群人的八卦心態，聽起來確實有意思，八卦越獵奇越刺激。

「你怎麼不刪文？」許昕朵又問。

「留著，甄龍濤道歉的文章必須留幾天，讓別人都看看，妳是真的招人喜歡。」

「為了我？」

「嗯。」

「會不會影響到你？」

「又不是真的。」

許昕朵不再問了，回訊息給婁栩：『我剛剛看那篇文了，有點煩。』

婁栩：『哎呀，我看著都要氣死了，他們就知道拿出身說事，現在都說妳自帶歪風邪氣，即將把童延帶壞。』

許昕朵：『為什麼不是他帶壞我呢？』

許昕朵原本也算是一個挺天真的小女孩，完全是和童延認識之後被帶壞的。

許昕朵也把童延的形象從一個偏執、暴躁的少年，改成了如今的樣子。結果改得太好了，反而被人擔心會被她帶壞？

氣人，真氣人！

婁栩：『你們兩個人的形象放在那裡呢，妳把甄龍濤踹進水裡可是有影片的，妳還是一個學渣。童延就不一樣了，人家成績好，還在鋼琴比賽拿到了名次，為國爭光，方方面面都是是好孩子，妳是壞孩子。』

許昕朵：『他有刺青啊！』

婁栩：『他的刺青學校都特許了，大家都知道他的刺青是擋疤痕。而且，他的刺青是有勵志故事的！』

許昕朵放下手機，看著坐在她身邊，單手拄著下巴，腦袋晃了一圈又停住，昏昏欲睡的童延，真的不知道該說什麼。

童延的刺青被杜撰了一個故事，說他曾經放棄過練琴，後來又重新振作起來，特地刺青激勵自己，給自己打氣。

很感人是不是？

其實童延只是看著圖冊覺得這個圖案挺好看的。

許昕朵也不知道是不是被氣到了，還是昨天空腹吃藥的原因，腸胃開始不舒服。

她無精打采地趴在桌面上，引得童延扭頭看向她，接著伸手摸了摸許昕朵的指尖。

兩個人的手都在書桌下面，他們的位子還是在教室最後一排，上課期間沒有人注意到他們的動作。

這還是童延第一次用自己的身體，這樣直接地觸碰她的身體，這種感覺很奇妙，是熟悉的，也是陌生的。

她的手很涼，嘴唇有些發白。

微微蹙眉的樣子說明她此刻的不舒服。

童延用手指敲了敲許昕朵的額頭，壓低聲音說道：「換過來。」

許昕朵小聲回答：「沒事，能堅持住。」

「妳這樣沒辦法好好上課，我正好要睡覺，換過來吧。」

許昕朵這才同意，兩個人瞬間交換身體。

童延到了許昕朵身體裡後立即低聲罵了一句：「我靠，妳又搞什麼了？」

「昨天吃止痛藥的時候空腹了……」

「妳這身體一般人真受不住。」

吃藥，腸胃受不住。

不吃藥，痛經受不住。

這身體就應該回爐重造，好好的女生，還不到十七歲身體就這樣了，大了會是什麼樣子？

說起來，童延對許昕朵的關心，甚至比許奶奶還多。

正是因為童延知道許昕朵的身體有多糟糕，懂她，體諒她，才最知道該怎麼照顧她，心疼她。

他懂她的全部傷痛與她的心路歷程。

童延用許昕朵的身體，在桌面上趴下，卻因為腰痠怎麼都睡不舒服，也沒睡著。

許昕朵則是用童延的身體認真聽課。

下課後，童延在許昕朵的包裡找出了一個小包來，裡面裝的是衛生棉。

他拎著小包，艱難地起身往外走，去廁所的途中居然遇到了甄龍濤。

甄龍濤本來就是奔著許昕朵來的，看到許昕朵的身體自然迎了過去，可惜身體裡的卻是童延。

童延往左走，甄龍濤就側走一步擋住他。

童延再往另外一邊走，甄龍濤再次側移一步擋住他。

童延陰著一張臉抬頭看向甄龍濤，說道：「滾。」

甄龍濤跟他對視的一瞬間，竟然老臉一紅，原本盛氣淩人的大塊頭變成了一個傻憨，結巴著說：「我、我知道妳生我的氣，我正式跟妳道歉。然後，我要跟妳說，其實我……我……我現在是真的喜歡妳……」

童延瞬間生無可戀。

他最近真的……

魏嵐撩他，甄龍濤對著他表白，這種情況怎麼都讓他遇到了？

「我、要、過、去！」童延一字一頓地說，身體的不適讓他沒有了好的態度，配上絕美的厭世臉，還真有幾分氣勢。

「哦，我幫妳拎東西。」甄龍濤一把搶走童延手裡的東西，並肩跟他一起走，拿著東西還嘟囔，「裡面裝的是什麼，這麼輕。」

「衛生棉。」

「……」甄龍濤默默地將包還給童延。

童延拿回小包，氣勢洶洶地朝著廁所走，走到門口腳步一頓，低頭看看確實是許昕朵的身體，才大步走向女廁所。

許昕朵頂著童延的身體坐在教室裡，手機裡的訊息一直在跳。

劉雅婷：『你到底怎麼回事？』

劉雅婷：『你腦袋秀逗了嗎？看上一個鄉下來的養女？真的要追？』

劉雅婷：『別逼我告訴阿姨。』

劉雅婷和童延是青梅竹馬，兩個人從幼稚園就在同一所學校，劉家與童家還是世交，交情自然不一般。

劉雅婷更是喜歡童延多年。

小時候玩伴家家酒時，劉雅婷想當童延的新娘子。童延不樂意，他更想要當爸爸，爺爺也行。

後來大一些了，劉雅婷總跟著童延，童延覺得劉雅婷動不動就告狀，耽誤他勇闖天涯，總是不帶著她。

兩年前，劉雅婷跟童延表白了。

童延沒猶豫直接拒接，在他看來，手足情深，兄弟不能當情侶。

但是劉雅婷不放棄，持續追求童延，童延煩到不行。

童延回來後，許昕朵把手機給他。

他伸手拿來手機看了看，不由得撇嘴，快速打字回覆，接著將手機丟在一旁。

「明明拒絕那麼多次了，為什麼還來煩我？我一拉黑她，她就哭著找我媽媽，我都要煩死了。」童延說完暴躁地移動一下椅子。

許昕朵拿回手機看了訊息一眼，童延回覆了一句話：『假的，別煩我。』

許昕朵卻小聲說道：「她是真的很喜歡你吧，我對她的印象不差……」

「我討厭冥頑不靈的人。」

「……」許昕朵低頭看書，不再說話，卻開始下意識地咬筆尾。

童延就是這樣的人，如果他不喜歡，跟他表白只是自尋死路。

引他厭煩，讓他想要遠離。

他會拒絕得乾淨俐落，甚至還會有一些煩躁。

如果喜歡他，就要藏得好好的，不能讓他發現，不然朋友都沒得做。

魏嵐拿著手機，轉身對身後兩個人說道：「穆家在準備生日宴會了，和延哥同一天，好多人糾結要去哪邊呢。小朵朵，妳肯定要參加穆家的生日會吧？」

童延和穆傾亦同一天生日。

學校裡他們兩個人的迷妹最多，所以每年都會有人糾結，到底去誰的生日會好。

不同的是，穆傾瑤會邀請很多朋友，有些迷妹可以和穆傾瑤搞好關係，然後混進去。但是，童延不會。

童延的生日會有資格去的人不多，很多人都因為能參加童延的生日會引以為榮。

穆家和童家，還是有著差距的。

童延每年過生日的時候，只會邀請小範圍的人參加，其他的就不管了，也沒在意過有誰會跟自己同一天生日會。

還是許昕朵之前說了，才注意到自己跟穆傾亦是同一天。

今天魏嵐一提，他才想起來還有這件事。

童延腰疼得難受，趴在桌面上懶洋洋地問：「穆家生日會，主角是誰啊？」

「穆傾亦和穆傾瑤唄，還能有誰？」魏嵐回答。

「許昕朵呢？」童延又問。

魏嵐一愣。

童延現在在許昕朵的身體裡呢，結果這個問題的問得，怎麼跟第三人稱視角似的？

可能是語言習慣？

魏嵐看了看請帖後回答：「就只有穆傾亦和穆傾瑤，沒有妳。」

魏嵐湊過去問童延：「妳生日是哪天啊？」

童延將魏嵐湊近的腦袋推開，扭頭看向許昕朵，也就是自己的身體。

許昕朵依舊低頭看書，只是眉頭微蹙。

許昕朵的真實生日，其實是跟童延、穆傾亦同一天。

然而穆家開生日會，卻不是為許昕朵開的，而是為了那對「兄妹」開的。如果生日會上還有許昕朵當主角，無疑是在公開穆傾瑤的假身分。

穆家不可能在第二天又幫許昕朵開生日會。

穆傾亦和穆傾瑤的生日大擺宴席，狂歡慶祝，許昕朵沒有姓名。

第二天，那位「一碗水端平」的父親，可能會買一塊生日蛋糕給許昕朵，說句生日快樂，便這樣結束了。

同是兒女，差距怎麼如此巨大？

而且，這生日會的消息，還是許昕朵從別人口中聽來的，她並不知情。

這讓許昕朵的心口微微發顫，心中累積的失望越來越多。

童延突兀地站起身，去後面的櫃子裡找了一件運動褲來。回到座位上後套在裙子裡面，接著大咧咧地翹著二郎腿，手指敲擊桌面，煩躁地思考。

童延想把許昕朵的名字寫在他生日會的請帖上，上面有著許昕朵的生日。

穆家給不了的，他能給，還能讓許昕朵更風光。

但是這個主意好像不切實際。

首先，他的名聲在外，喜歡他的女生太多。

他也知道那些女生鬧到不行，他這麼做的結果會給許昕朵引來麻煩，讓許昕朵成為眾矢之的。

而且，他以什麼理由寫啊？

承認他在追許昕朵？怎麼可能，他和許昕朵的感情比兄弟還鐵，哪有那種想法？

說許昕朵是他兄弟？

也不行，現實裡他們才認識沒多久。

道理他都懂，可他就是咽不下這口氣。

這個時候上課鐘響了，是上午的必修課。

魏嵐轉過去沒再聊這個話題了，大家都在上課。

童延挺著痠疼的腰，傳訊息給許昕朵：『妳別在意，生日我幫妳過，我們不需要人多，但是絕對不會讓妳失望，怎麼樣？』

許昕朵上課的時候挺認真的，沒注意手機，童延就用手指戳許昕朵的手臂。

許昕朵側頭看向他，見他指了指自己的手機，隨後拿出手機來看了一眼，打字回覆：『無所謂。』

童延又生氣了。

每次許昕朵這樣他就生氣。

把他逼急了，他想讓人把自己的身體綁在椅子上，然後跟許昕朵交換身體，把許昕朵困在那裡。

接著他用許昕朵的身體到目的地，幫自己的身體鬆綁，他們一起過生日。

反正這生日必須過！

過大的！

最厲害的那種！

他那股倔降上來了！

♫

許昕朵回到家裡後，看到穆傾亦居然在院子裡，手裡拎著一個水壺，似乎要去澆花。

他看到她下車後，停住腳步對許昕朵說道：「我叫來了服裝設計師，他們會幫妳量尺寸，為妳準備禮服。」

許昕朵盯著穆傾亦手裡的水壺看了看後回答：「嗯，好。」

「他們有圖冊，妳可以選款式，如果妳有自己的想法，還可以讓他們設計，不過時間會久一些。可以在原有的設計上進行些許更改，時間還能快一些。」

許昕朵點了點頭。

穆傾亦看起來很忙的樣子，急著往花園走，想了想後又停住了腳步，說道：「生日的事情……我……我可以幫妳過。」

「沒事，我不在意。」許昕朵回答完後回到家裡，然而進門的時候卻忍不住笑了起來。

她突然覺得這個哥哥挺有意思了。

這個水壺許昕朵見過。

她曾經去小花園裡逛過，那個水壺一直放在花園，裡面就有水龍頭，可以在花園內接水。而且穆家的小花園有自動澆水的機器，需要人工澆水的花也不算多，這個壺只是備用，很久都沒有人動它了。

今天穆傾亦卻拎著，還拎出來了。

穆傾亦其實是故意等她，為了不被看出來，裝成要去澆花的樣子。

此時她終於可以斷定了，第一次見面的時候，穆傾亦剛剛下樓就再次上樓，是專門下樓來看她的。

讓她選禮物時，那個粉色兔子也是穆傾亦刻意單獨拿出來的。

這個人，還真是彆扭。

許昕朵回到家裡，配合服裝設計師量好尺寸後，坐在沙發上看圖冊。

她知道這是生日宴會上要穿的衣服，圖冊裡是按照風格分類的，同種風格擺在一起。

許昕朵喜歡的禮服都是黑色系，簡簡單單、大大方方的。

設計師一直勸她選兩件不同風格的，這樣也能多變一些，適合不同場合。他們不建議生日會穿一身黑。

許昕朵翻找了許久，選了一件紅色的，這件漏出一片後背，很騷，適合童延。

之後又遲疑著選了一件粉色的，倒不是她喜歡，是許奶奶喜歡。

在她選擇的時候，穆傾亦從許昕朵面前走過，要和傭人商討生日會的菜單。

過了五分鐘，穆傾亦再次走過，叫住一個傭人。

許昕朵想了想後還是妥協了，叫住穆傾亦：「哥。」

穆傾亦停住腳步看向許昕朵，握了握拳又鬆開。

許昕朵舉起圖冊，給他看自己選的禮服：「這件白色一字肩的禮服你覺得怎麼樣？」

穆傾亦表面上不情不願地走了過來，低頭看了一眼，覺得這件很適合許昕朵，畢竟她的個子高，身材也很好，能夠將她的氣質襯托出來。

「可以。」

許昕朵翻開圖冊，給穆傾亦看：「我還選了這件、這件，這件黑色的會改一下裙擺……」介紹完畢後，她看到穆傾亦鬆了一口氣，接著說道：「可以。」

「嗯，一共六件，可以嗎？」

「可以。」

「那就這樣吧。」

穆傾亦點頭後離開了。

其實穆傾亦是擔心許昕朵從鄉下來，眼光和衣品不行，選出一些匪夷所思的設計來，在生日會上出醜。

現在看來許昕朵選的還挺不錯，很會考慮自身的優勢，也知道自己適合什麼樣的衣服。

至少沒有花裡胡俏的。

穆傾亦放下心來，便不在客廳裡晃了，進入餐廳準備等其他人一起吃晚飯。

許昕朵看著穆傾亦離開，忍不住笑了起來，將圖冊的上的圖片和序號都用手機拍下來，送走了設計師。

她回到餐廳坐下，聽到穆傾亦問她：「聽說，妳在老家還有一個男朋友？」

「哈？」

第七章　生日蛋糕

「我在老家的時候女生朋友挺多的。」許昕朵拉開椅子坐下，整理好餐具回答，「但是男生沒有幾個關係好的。」

「也就是說沒有？」

「對。」

「女生朋友多嗎？」穆傾亦有點懷疑，畢竟像許昕朵這種長相的女孩子，一般女生緣都不太好。

「嗯，我護著她們。」

許昕朵的外形，給人的第一印象是不好親近。

但是熟悉了，就願意跟她相處了。

穆傾亦也是從路仁迦那裡聽說的。

路仁迦在火箭班裡不停地說許昕朵的壞話。

比如說許昕朵成績非常差，每一門功課都是勉強及格，突然跑去國際班考試的題目大概都看不懂。

還說許昕朵對其他人態度很差，人也十分粗魯，明明只是養女卻目中無人。

以及分享了一則小八卦：許昕朵在鄉下有一個男朋友，在補習班的時候還跟許昕朵傳語音訊息。

穆傾亦呵斥了路仁迦，讓她閉嘴。

然而心中卻有些不舒服，還是想要回來驗證一下，這樣下次再有人說這些有的沒的，他還能有底氣反駁。

「家裡倒是不管束戀愛。」穆傾亦這樣說道。

「嗯，看出來了，那位不就去約會了？」

許昕朵指的是穆傾瑤，最近跟家裡關係尷尬，她便努力穩定跟沈築杭的關係，今天就是跟沈築杭一起去約會了。

這次針對許昕朵，對兩個人都造成了不好的影響，穆傾瑤只能努力挽回。

「只是想告訴妳，如果真的想戀愛，需要找條件合適的。」

「哥。」許昕朵突然叫他。

穆傾亦一愣，奇怪地看向她。

「如果你喜歡上一個女孩子，但是女孩子和我們家不算門當戶對。你是聽家裡的，還是選擇你喜歡的女孩子？」

穆傾亦沒想過這個問題，微微蹙眉後說道：「聒噪。」

說完就不理許昕朵了。

謔，這人……彆扭到有點……不好接觸啊。

許昕朵也不管了，只是繼續等待。

最後下樓的只有穆母，父親去應酬了沒有回家

穆母對許昕朵心中有愧，一直詢問許昕朵愛吃什麼，不能吃什麼。見許昕朵實在是不喜歡在吃飯的時候說話，便不再說了，這頓飯吃得也算是安靜。

吃完飯許昕朵回房間寫作業。

穆母看著許昕朵離開，表情越發難過起來。

穆傾亦看在眼裡，說道：「慢慢來吧。」

嘉華國際學校有很多興趣班，隔週還會有烹飪這種特色課程。

週三下午最後兩節課，國際三、四班合併在一起上課。原本只是一節平常的課，今天卻格外精彩。

很多人都知道童延和三班的劉雅婷是青梅竹馬，也知道劉雅婷是童延最瘋狂的追求者之一。

這幾天都在謠傳童延在追許昕朵，當事人不刪文章不回應，態度曖昧，引人遐想。

加之許昕朵最近的風頭很旺，童延又剛拿了亞洲冠軍回國，這兩個人碰撞在一起，八卦味十足。

發文人甄龍濤都快被八卦眾人遺忘。

這一次的烹飪課，三個人聚在一起。

其實在劉雅婷表白後，童延就遠離劉雅婷了。

但是在劉雅婷的觀念裡，她已經是跟童延關係最好的女生了，不會再有其他人了。

如果她都追不上，別人就更別想。

許昕朵的事情刺激到她了。

進入教室後，劉雅婷就和自己的好朋友聚集在一起，等著四班的學生到來。

烹飪課分小組進行，每組五個人，劉雅婷的小組正好是五個女生。

女生一：「我曾經遠遠地看過許昕朵一次，看起來很呆。」

女生二：「對，她的眼睛我覺得不好看，雙目無神，吊吊眼，看著起來就喪氣，特別不好相處的那種。」

劉雅婷深呼一口氣，抬頭看向門口，她倒要看看這位許昕朵是何許人也。

許昕朵終於踩著上課鐘聲走進教室。

許昕朵在一行人的最前面，走路的時候微微揚起下巴，本來就算高個子的女生，這麼垂下眼眸看路的時候，配上厭世臉與天生的三白眼，更是不可一世。

童延走在許昕朵斜後方，手裡拿著一杯美式咖啡，低下頭吸了一口，另外一隻手插在校服褲子的口袋裡，雙腿修長，走路帶風。

兩個人的身後跟著魏嵐和蘇威，魏嵐還拿著兩杯飲料，雖然笑容輕浮，卻不影響他眉眼俊朗，四顧之下，仿若眉目傳情。

蘇威走在最後，看向身側的同學，從同學的手裡接過今日烹飪流程的單子。

這四個人進來的時候，烹飪教室裡瞬間安靜下來，不知為何，明明是安靜的場面，卻恨不得有著背景音樂，而音樂當之無愧的，需要來一首〈亂世巨星〉。

許昕朵一個女孩子，氣勢居然強大到讓童延都成了陪襯。彷彿不是來上烹飪課，而是來砸場子的。

與劉雅婷同組的幾個女生同時噤聲。

四個人在操作檯前落座後，魏嵐將一杯飲料放在許昕朵面前。

許昕朵坐下之後就看起單子，單子上寫了烹飪的步驟，還有示意圖，她看了一眼後把圖給童延看：「還挺少女心的。」

童延靠咖啡續命，睏得都要暈了，含糊地回答了一句：「哦。」

這四人坐在一起，過了一下子魏嵐的隔壁桌同學過來湊夠了五人小組，顯然就是他們五個人一組了，只有許昕朵一個女孩子。

課程開始後，烹飪老師先做示範，之後由學生自己動手。

魏嵐說什麼也要展示一下自己居家的一面給許昕朵看，對其他幾個人大手一揮，說道：「你們協助我就可以了，我做出來給你們看。」

今天做的內容不算困難，是餅乾，上面還會做一些裝飾。

魏嵐將軟化的奶油、白砂糖、奶油起司放進容器裡，做的時候跟許昕朵介紹：「我有經驗，奶油起司多放一點，可以有點鹹味。」

蘇威看著就想笑，跟許昕朵解釋：「知道嵐哥為什麼喜歡鹹的嗎？」

許昕朵看向蘇威問：「為什麼？」

「大海的味道他知道，為什麼喜歡大海的味道，因為我們嵐哥浪啊。」

許昕朵笑了起來，同時被童延拽著手臂躲開老遠。

許昕朵、童延、蘇威以及魏嵐的隔壁桌同學一起站開老遠。

魏嵐突然拿來一個頭盔戴上，也不知是什麼時候準備的，面罩一扣，「專業」又冷酷。隨後，他打開電動打蛋器，對著容器出手，就看到到處飛濺的奶油，畫面簡直殘忍。

許昕朵也瞭解魏嵐，畢竟不是第一次見到這個畫面了，倒是淡定。看了一下子後，見魏嵐故作瀟灑地打蛋，不小心把蛋殼打進容器裡，又動作瀟灑地丟了出去。

許昕朵都不忍看了，還不能笑出聲來，於是轉過身面壁，肩膀微微顫抖以此憋笑。

蘇威倒是捧場，拿著手機對魏嵐錄影，活像個小迷弟：「嵐哥太帥了，啊啊啊，嵐哥、嵐哥！」

童延翻了一個巨大的白眼。

接著，魏嵐加入麵粉。

電動打蛋器啟動的一瞬間，有了「灰飛煙滅」的效果，魏嵐整個人被包圍在麵粉的「霧氣」裡。

這是魏嵐自造的仙氣繚繞。

一般人都做不到這麼轟轟烈烈的場面。

許昕朵終於看不下去了，趕魏嵐離開：「行了，你讓開吧。」

她說著走過去推開魏嵐，看了看桌子上的狼藉，只能對蘇威說：「蘇威，你去跟老師再要一份材料。」

蘇威最近都快習慣許昕朵的語氣了，立即答應，去找老師要材料。

許昕朵收拾狼藉的同時對童延說道：「童延，過來把桌面擦了。」

教室裡一靜。

她居然使喚童延？

劉雅婷聽到的一瞬間睜圓了眼睛，她都捨不得大聲說話的人，許昕朵居然使喚他？童延的手是要彈鋼琴的，能幹這些粗活嗎？

結果眼睜睜地看著童延真的放下咖啡，拿了抹布擦桌面的奶油和麵粉。

三、四班偷偷圍觀的眾人：「……」

天壽了……

許昕朵在家裡經常做飯，也算是窮人家的孩子早當家，做個餅乾而已，難度並不大。

她在攪拌奶油的時候，劉雅婷還是坐不住了，走過來找童延：「童延。」

童延剛擦完桌面，扭頭看向劉雅婷問：「怎麼？」

「我看不懂這個步驟單，你能不能……」

童延撇了撇嘴：「看不懂正常，畢竟也不是所有人都有腦子。」

所有的步驟明明白白地寫在那裡，有腦子就能看懂，還要問，不是沒腦子是什麼？這就好像人家門口貼著大字，九點營業，還硬要去問。

劉雅婷臉色難看的時候，許昕朵開口了：「童延，你好好說話。」

「多看兩遍不就懂了？」童延沒好氣地回答。

許昕朵白了童延一眼，用圍裙擦了擦手，走到劉雅婷身邊，用手背擦了擦劉雅婷臉頰上蹭的麵粉後，低下頭看著她手裡的單子問：「哪裡不懂，我告訴妳。」

劉雅婷看著許昕朵走近，一臉錯愕，她慌了神，對許昕朵吼：「誰要問妳啊！」

這一聲沒控制住，失態了。

許昕朵對劉雅婷的印象一向不錯，還是第一次被劉雅婷針對，尷尬地抬起手來，下意識地想要咬指甲。

結果手被劉雅婷按住了：「多髒啊！」

「哦……」

劉雅婷氣得直跺腳，管情敵做什麼啊！

劉雅婷本來也沒有什麼不懂的地方，只是想跟童延說一句話而已。

她不甘心地看了童延一眼，又看看許昕朵，最後氣急敗壞地轉身離開。

許昕朵也沒多管她，回去繼續按部就班地做餅乾。

在等待冷卻的時間，教室裡開始吵鬧，很多人都在閒聊。

許昕朵則是在調糖霜顏色，提前為裝飾做好準備，童延湊到許昕朵身邊小聲說道：「我有點擔心劉雅婷為難妳，她脾氣挺火爆的。」

「不會的。」

「妳怎麼總是維護她？」

「她喜歡你，不會做你不喜歡的事情。她不喜歡我，一是因為那些不實傳言，二是因為她覺得我不配。」

童延盯著許昕朵看，十分不解，忍不住問：「那怎麼處理？」

許昕朵看了魏嵐一眼，接著繼續調整色素的顏色。

童延走到魏嵐身邊，他正在搓校服外套上的奶油，接著就被派去找劉雅婷了。

魏嵐和劉雅婷也熟悉，畢竟都是從小一起在嘉華上學的，過去之後坐在劉雅婷身邊，接著嘆氣：「唉。」

劉雅婷心情正糟糕呢，看到魏嵐後便問：「怎麼了？」

「我追的。」魏嵐小聲說完，就用下巴朝著許昕朵的方向點了兩下，以此示意，「而且，週末那天也是我知道甄龍濤要找她麻煩，帶著延哥一起去的，結果延哥幫我揹鍋了。」

劉雅婷聽完就理解了，這才比較合理，一瞬間豁然開朗。

她瞭解魏嵐，本來就輕浮花心，會追許昕朵也正常，反正也交往不了多久，誰也不會在意條件是不是合適，就跟富二代找網紅玩玩一樣。

「童延讓你來跟我解釋的？」劉雅婷興奮地問。

魏嵐連連搖頭，他怕因為自己解釋一下，又讓她覺得童延對她還可以了。單戀不就是心如死灰，又死灰復燃的反覆折磨？這樣如此往復對劉雅婷來說並不好受。

他說道：「不不不，延哥那種渣男不適合我們這種小仙女喜歡，降仙氣。」

劉雅婷也沒再糾纏，只是跟著著急：「為什麼不澄清啊？」

「我等一下就去發文。」

「澄清完就刪了，影響他名聲。」

「好的好的，我先回去可以嗎女王殿下。」魏嵐對著劉雅婷狡黠一笑，揚了揚眉。

「滾蛋吧。」

魏嵐笑呵呵地離開了，站在一邊拿手機到論壇上，找到甄龍濤的文章留言澄清：『是我要追，和童延沒關係。』

這件事這麼澄清最穩妥，畢竟魏嵐也真的每日調戲許昕朵。

而且魏嵐也曾經說過，他這次要認真追了。

這樣，的確最合理。

果不其然，魏嵐澄清完，之後的留言就多了起來，都在說：果然如此。

童延追許昕朵，多扯淡的事情！

許昕朵做的餅乾，還挺好看的。

她做裝飾的時候十分用心，做好的成品，用學校提供的小紙盒裝了起來，拿著餅乾往外走。

路過火箭班的時候，火箭班還在上自習課，沒有老師看管。

她在火箭班後門停留了一下子，很快引來一群人回頭看向她。婁栩和許昕朵對視後很快跑了出來問許昕朵：「妳找我？」

「上課可以出來？」

「還有三分鐘就下課了，沒事。」

「剛才烹飪課做的餅乾，我覺得還蠻好吃的，妳嚐嚐。」

許昕朵遞給婁栩一個小紙盒，裡面的餅乾並不多，只有個五、六塊而已。出爐的大部份都被魏嵐他們瓜分了，只留下了這些。

婁栩接過去，還挺喜歡的，覺得這個餅乾做得蠻好看的，單手捧著，還用手機幫餅乾拍照：「朵朵送我的，我要拍照留念。」

剛好這個時候下課鈴聲響起，其他學生開始整理東西。穆傾亦也注意到許昕朵，從教室裡走了出來，來到兩個人面前問：「在做什麼？」

許昕朵將另外一盒餅乾遞給穆傾亦，說道：「我做的餅乾，你嚐嚐看。」

穆傾亦冷淡地回答：「我並不喜歡這些。」

說完，勉為其難地伸手接了過去。

這個時候不少人都看著他們兩個人，就連其他班的學生也聽說了，紛紛從教室裡湧出來，探頭往這邊看。

穆傾亦之前當交換生，剛剛回國不久，這還是穆傾亦第一次和許昕朵站在一起，這兩個人站在一起的感覺就是：像！

真像！

這才是兄妹該有的樣子。

雖然說龍鳳胎一般都是異卵同胞，異成穆傾亦和穆傾瑤那樣也算是罕見的，根本沒有一點像的地方。

穆傾瑤的長相算中等偏上，算不上好看。

穆傾瑤也是雙眼皮，但是腫眼皮，看起來像是內雙。鼻樑有點塌，嘴唇偏厚，說是圓臉吧，還有點偏方臉，還是五短身材。

最多，就是看久了，會覺得還挺舒服的長相，沒有什麼攻擊性，過目即忘。

最開始，大家頂多覺得穆傾亦遺傳到優秀的地方，穆傾瑤沒有。

直到許昕朵出現……

這他媽的才是龍鳳胎該有的樣子吧？

這個時候有一個女孩湊過來跟許昕朵打招呼：「妳好，我叫李辛檸，妳也可以叫我檸檸！」

許昕朵看著李辛檸有點詫異，卻還是點了點頭：「嗯，妳好。」

李辛檸再次說道：「我超喜歡妳的，覺得妳特別漂亮，我聽栩栩說妳喜歡玩滑板，還特別厲害，下次我們一起好不好？我想學，但是好笨，不敢問男生，難得碰到滑板玩得好的女孩子。」

「哦……」許昕朵沒有立即答應，而是看向婁栩。

婁栩看著李辛檸微笑，接著推著李辛檸回班級：「好啦，我們也放學了。」走的時候一直對許昕朵眨眼睛，暗示回頭再跟許昕朵解釋。

婁栩和李辛檸都走開了，穆傾亦目送她們離開，手裡拿著餅乾說道：「我回去收拾書包，妳也趕緊回家吧。」

「嗯，好的。」

穆傾亦拿著餅乾回到教室裡，將餅乾隨手放在自己的桌面上。

邵清和看著餅乾問：「朵朵妹妹送的？」

什麼時候改了稱呼？

「嗯。」穆傾亦繼續收拾書包。

邵清和伸手拿了一塊放進嘴裡，一邊咀嚼一邊說：「嗯，還挺好吃的。」

穆傾亦的動作一頓，看著原本只有五塊的餅乾剩下四塊了，立即伸手掐住邵清和的脖子：

「你給我吐出來！」

邵清和咀嚼的動作瞬間卡住，睜圓一雙眼睛無辜地看向穆傾亦，問：「你確定？」

穆傾亦想了想後，還是作罷，只是從抽屜裡拿出一個盒子，把放在裡面的書簽倒了出來，用濕巾擦乾淨盒子才將餅乾放進去，扣上蓋子放進書包裡。

邵清和面無表情地看著穆傾亦的舉動，隨後將餅乾吞進去，拎著書包說道：「我直接跟她要！看看你那個小氣的樣子。」

穆傾亦趕緊抓住他：「別去。」

「怎麼？」

「她最近已經是眾矢之的了。」

「唉。」

童延受歡迎是真的，邵清和也受歡迎，更因為邵清和溫柔，追求者對他都是死心塌地的，被拒絕了也會被安撫得服服貼貼的，從追求者變成默默地愛。

要是邵清和也跟許昕朵有來往，一定會給許昕朵引來更多的關注。

邵清和同意了，卻湊過去問：「那再給我一塊？」

「滾開。」

另外一邊。

一個女生走到李辛檸的身邊嘲諷到：「李辛檸，妳去跟那個養女示好做什麼？和瑤瑤關係不好以後，妳另闢蹊徑想要去穆傾亦的生日會？」

李辛檸也不在意這句嘲諷，只是笑著說：「我只是覺得她長得特別好看，和穆傾亦真的太像了，想湊近看看。」

說完，李辛檸還回頭問穆傾瑤：「欸，穆傾瑤，為什麼妹妹只給栩栩和穆傾亦餅乾，沒給妳啊，是不是還沒原諒妳啊？」

李辛檸，是火箭班的現任班花。

之前有人想選李辛檸為校花，但是因為前幾任校花太優秀，李辛檸根本比不上，所以沒人支持這件事情。

李辛檸原本和穆傾瑤是朋友，不過後來和穆傾瑤決裂了，現在的關係非常不好。也可以說，要是稍微激進一點，就會當場吵起來。

穆傾瑤現在盡可能做一個小透明，見誰都躲著，不願意被關注。

她想著等這陣風頭過了，大家遺忘這件事情就好了，結果李辛檸又主動提起來。

穆傾瑤看著李辛檸那綠茶婊的樣子，心裡恨得不行，隨口回答：「她可能……不太喜歡我吧。」

穆傾瑤的路子就是裝柔弱。

對外的解釋也是上一次的事情她有勸說，自己沒有打賭。彷彿許昕朵不理她，是因為許昕朵這個人小氣，不大度，開不起玩笑，不能原諒穆傾瑤。

李辛檸冷笑了一聲，收拾完東西，朝著婁栩走過去：「栩栩，下次幫我約朵朵吧，我想認識她。」

婁栩也不傻，知道李辛檸是故意氣穆傾瑤，也沒答應，只是乾巴巴地笑，隨後吃了一塊餅乾，快速回座位收拾東西了。

結果剛回去，就被邵清和搶走一塊餅乾：「確實好吃。」

「你土匪啊！」

「她這個手藝可以開甜品店了。」

♫

許昕朵回到家裡不久，穆傾亦和邵清和一同回來。

邵清和一進門就微笑著對許昕朵說：「朵朵妹妹，我也想吃餅乾。」

許昕朵驚訝地看著邵清和，沒管餅乾，只是問：「你叫我什麼？」

「朵朵妹妹。」

許昕朵不適應這樣的稱呼，蹙眉說道：「我不喜歡這個稱呼。」

「妳的哥哥算是我的弟弟，妳說妳是不是我妹妹？」

「你可以叫我許同學。」

「好，許同學，我也想吃餅乾，妳親手做的那種。」

許昕朵站在客廳裡看新來的快遞盒子，這些都是她新買的生活用品，同時回答：「我今天只做了這些，等下次有課的時候再多做一點。」

「妳哥哥太小氣了，都不給我。」邵清和說話的時候竟然有點像在撒嬌，同時嘟囔，「我之前買過的餅乾都沒有妳做的好吃，可能妳的做法剛剛符合我的喜好，我特地蹭妳哥哥的車跟來了。」

許昕朵抬頭看向邵清和，目瞪口呆。

這個人……也有點不正常的樣子。

穆傾亦在一邊冷冷地說道：「不用理他。」

許昕朵秒速答應：「好。」

邵清和看著兄妹二人，有點無奈，卻還是問許昕朵：「要不要我幫妳把快遞送去房間啊？」

穆傾亦叫了一個傭人，讓他們把快遞盒子送到許昕朵房間門口。

邵清和深呼吸之後，才又跟許昕朵搭話：「許同學，在生日會的時候要不要做我的舞伴？」

「她不需要。」穆傾亦走過來說道。

邵清和也不看穆傾亦，繼續問：「妳會不會跳舞？我可以教妳。」

穆傾亦再次搶先回答：「家裡可以幫她請老師。」

許昕朵看著他們兩個人，抬手示意一下：「要不然你們兩個人聊？」

邵清和依舊溫和地微笑，根本不在意穆傾亦：「我們不用理他。」

穆傾亦再次冷冷地開口：「邵清和，滾回家去。」

兩個人還在爭執的時候，家裡的門鈴響了，傭人開門後婁栩立即走了進來，一進門就喊：「朵朵！」

嗓門亮得很。

許昕朵迎接婁栩進來，帶著婁栩上樓去自己的房間，順便把快遞搬了進去，不理那兩個男生。

男生們站在樓下客廳看著她們離開，再彼此對望一眼，穆傾亦問：「回去？」

邵清和委屈地說：「我還想蹭飯。」

「不歡迎。」

「嚶嚶……」

穆傾亦瞪了邵清和一眼，吩咐家裡傭人多備一副碗筷，邵清和要在家裡吃飯。

婁栩進入許昕朵的房間後，忍不住「嘖嘖」兩聲：「這只是客房吧？這床、這家具，完全不像一個女孩子的房間！妳來了家裡也沒買新的？」

「已經比我老家強很多了，而且這個房間裡的家具也符合整棟房子的裝潢風格。」

「以後全都換了，我知道好幾家店，穆家沒有那麼小氣，妳讓他們給妳換。」

婁栩在房間裡的美人榻坐下，同時跟許昕朵解釋今天的事情：「李辛檸跟穆傾瑤是死對頭。」

一句話，概括了整個事件，簡單明瞭，盡顯學霸風範。

許昕朵坐下之後抬手示意：「願聞其詳。」

婁栩笑嘻嘻地跟許昕朵八卦這些事情：「其實就是兩個綠茶的終極鬥爭，高一的時候，兩個人好得跟一個人似的。漸漸的就發現對方挺婊的，後來事情爆發了唄。爆發原因好像是李辛檸跟沈築杭走得有點近，沒帶穆傾瑤，兩人一起去看了電影。」

「這不就是劈腿了？」

「人家李辛檸說她是故意的，主要是因為上一次穆傾瑤看似開玩笑著跟李辛檸的曖昧對象說她的糗事。李辛檸就報復約了沈築杭，那渣男還同意了。」

「這也能原諒沈築杭？」許昕朵詫異萬分。

「沈築杭解釋說，李辛檸失戀了，跟他訴苦，約他一起聊聊天。他們兩個人不知道去哪裡，就一起去看電影了。之所以出去，也是因為穆傾瑤和李辛檸關係好，照顧女朋友的朋友嘛！」說完大笑出聲，這些事，大家都心知肚明。

「……」許昕朵都不知道說什麼了。

婁栩繼續八卦：「李辛檸追過童延，前兩天還和路仁迦一起說妳壞話呢，今天魏嵐發文澄清了，她又說喜歡妳了。這種人的話妳聽聽就好，當作娛樂，不用往心裡去，也別當朋友，不然妳的人生會豐富多彩起來，小驚喜不斷，還是讓人不爽的那種。」

「好，我知道了。」許昕朵說完，指了指樓下的邵清和問，「邵清和是什麼路子，怎麼突然來跟我要餅乾，我跟他都沒怎麼說過話。」

許昕朵和邵清和真的不熟。

她不是那種自來熟的人，都是要經過慢慢磨合，或者真的覺得對方是個不錯的人，才會去接近。

這個邵清和，許昕朵總覺得他應該是有些城府的，也沒怎麼接觸過，突然接近她讓她覺得很怪。

甚至有點排斥。

「邵清和人挺好的，特別會照顧人，人也溫柔，我對他的印象很好。而且人品不行，妳哥哥也不會和他當朋友，妳哥哥可聰明了，是我們火箭班的第一名。」

「我就是覺得很怪，明明不熟……」

「慢慢就熟了，他和妳哥關係那麼好，以後肯定會跟他很熟的，他也是在跟妳示好啊。而且，妳不覺得邵清和特別帥嗎？還有那種如沐春風般的感覺。」

「……」

「高一運動會的時候，邵清和是我們班舉班牌的，被一群女生磨著穿了漢服。一身古裝簡直帥炸了，像個古代的翩翩公子，整個學校都沸騰！」婁栩說著，從手機裡翻找存貨相片給許昕朵看。

「穆傾亦沒做這件事情嗎？」

「他是主持人，負責播報成績，高一的時候就是新生代表，開學典禮在全校面前演講，不然怎麼選上校草的？提起這個，故事更多了。」

婁栩脫了拖鞋，抱著膝蓋繼續跟許昕朵說八卦：「當初高一開學的時候，穆傾亦一枝獨秀成了校草，大家都覺得穆傾亦已經是世間罕有的美少年了。結果沒想到，過了一陣子又來了兩個。一個是童延，開學期間去參加演奏會，還有個人獨秀，沒能及時來學校。另外一個就是邵清和了。」

「邵清和是因為什麼？」

「他身體不好，長期住院，開學快一個多月了才來。」

「什麼病？」

「各種病，在教室裡經常看到他吃藥，好多種，但是具體是什麼病我也不知道。」

許昕朵也不問了，準備和婁栩再聊聊，結果被婁栩趕去書桌前，苦口婆心地勸說：「朵朵啊，妳努力讀書吧，最起碼下次考試的時候我們爭點氣，好不好？分數別太低了，聽別人說妳我都心裡不舒服。」

「其實我的成績還挺好的。」許昕朵試圖跟婁栩解釋。

「好不好我能不知道嗎？我和妳同個補習班，上課全程偷看妳，我看得出來！」

「……」

之後，許昕朵在婁栩的監督下，認認真真地看書，看一眼手機都不行，晚飯都沒和穆傾亦他們一起吃。

為了許昕朵的功課，婁栩也是操碎了心。

十月二十九日是穆家孩子們的生日。

在十月二十八日晚上，許昕朵留在房間裡寫作業的時候，接到了童延的電話，接通後聽到童延說道：『我在妳家附近。』

許昕朵嚇了一跳，走到陽臺往外看，卻沒有看到童延在哪裡，於是回答：「我沒看到你。」

話音剛落，就看到樹叢後面有車燈亮起，閃了兩下後又滅了。

許昕朵震驚不已，詫異地問：「你怎麼進來的？」

他們社區裡進來還挺難的，童延又沒住在這裡，怎麼進來的？

『哦，為了方便我以後進來，在這個社區裡買了房子。』

「嗯，是你的風格。」

『趕緊下來，帶妳去一個地方。』

「去哪裡？」

『下來吧，我可不是什麼有耐心的人。』

許昕朵掛斷電話後，快速套上一件衣服，接著直接從陽臺往外跳。

別墅是獨棟不規則設計，她的房間在三樓，跳下去後是二樓的樓頂，接著再從二樓跳到一樓去，童延看過來的時候都震驚了，想過來接她時，人已經落地了。

許昕朵披著一件薄外套快速跑向童延，聽到童延問：「妳幹嘛啊？直接跳樓。」

「我不能從正門走，不然穆傾瑤又要借題發揮。」

童延幫許昕朵扣上摩托車的安全帽，拍了拍自己的車後座：「上來吧。」

「換車了？」

「我的車多的是，妳又不是不知道。」

「你不是最喜歡那輛大魔王嗎？」

「這麼囉嗦，抱緊了啊。」

「嗯。」

許昕朵坐在童延身後，看著童延的後背遲疑了一瞬間，還是伸手環住了童延的腰。

童延的身體她很熟悉，她用那具身體洗澡、吃飯、睡覺，甚至還見識過童延身體起床醒來時的「壯觀」場面。

但是用自己的身體抱著他，還是第一次。

童延的性格非常龜毛，他能寵著的人只有許昕朵一個，他天不怕地不怕，就怕他家姑奶奶。

兩個人的關係雖然怪異，卻也是從小一起長大的青梅竹馬、兄弟，關係自然是最鐵的。

他還是第一次騎車載人，故意降低了速度，車子穩穩地行駛出社區。

另外一邊。

邵清和站在穆家的小花園裡，手裡拎著一個小夜燈，看著許昕朵上了童延的摩托車，回頭問穆傾亦：「我們這個小生日派對還繼續準備嗎？主角被人截胡了。」

穆傾亦看著玻璃窗外，再看看自己手裡的東西，隨後放下。

看來，有人幫她過生日，只是有點意外那個人居然是童延。

邵清和原本是過來幫忙的，想著過了十二點之後，單獨幫許昕朵過生日，算是私下補償許昕朵。

結果場地還沒準備好，許昕朵就出現在院子裡。

穆傾亦和邵清和關了燈，站在玻璃邊看著許昕朵跑向童延，接著一起離開。

看起來……兩個人的關係很親密。

「童延追朵朵妹妹的事情不會是真的吧？」邵清和將手裡的東西丟在一旁，手放進口袋裡，準備往外走。

「他們兩個人不合適。」

「挺合適的啊，一個身高一百七，一個一百八將近一百九，站一起挺般配的。」

穆傾亦抿著嘴唇沒再說什麼，直接走了出去。

邵清和也不多留，出了花房後便回家了，他知道這次穆傾亦不會留他了。

童家。

管家走進書房，對坐在裡面的女士行禮，隨後說道：「少爺去了穆家，接走了穆家的養女。」

尹嫿在看劇本，聽到彙報後頭都沒抬，問道：「他是想和那個女孩單獨過生日？」

前些天童延安排家裡人單獨布置了一個生日慶祝場所，卻沒通知任何人去那裡，非常神祕。

尹嫿知道這件事情，派管家幫忙盯著，今天童延終於有動靜了。

「不，還有一位老人。」

尹嫿終於抬頭看向管家，納悶地問：「老人？」

「是撫養養女長大成人的奶奶。」

童延找一個漂亮的女孩子單獨慶祝，尹嫿還能理解，畢竟過了今天也十七歲了，到了青春懵懂的年紀。

但是，帶上一個老太太是怎麼一回事？

她想了想後問：「那個女孩生日是什麼時候？」

「十月三十日。」

「他們是怎麼認識的？」

「女孩是轉學生，目前是少爺的隔壁桌。」

「認識多久？」

「比賽回來後才認識。」

尹嫿放下劇本，從管家手裡接過平板電腦，翻看許昕朵的相片，都是偷拍的，並不清晰。

她放大了相片後，看到許昕朵有一個下意識的小舉動，會咬指甲……

尹嫿將平板電腦遞回去，同時問：「延延在國外買的刻字的禮物，名字是：DUO？」

「對，女孩叫許昕朵。」

「可那個時候他們應該還不認識吧？」

管家回答不出來了。

尹嫿繼續交代：「繼續觀察他們兩個，我要影片，最好有他們全部的言行舉止與習慣。」

「好的。」管家立即退出書房。

尹嫿坐回椅子上，用平板電腦看許昕朵的相片，放大後靜靜地看著那張臉，忍不住摸著下巴。

這張臉進娛樂圈能紅吧……

童延把許昕朵帶到市中心一處公寓，刷卡進入大樓內，領著許昕朵走到電梯間。

在等電梯的時候童延遇到了眼熟的人，一男一女，同樣個子高挑。童延跟那個男人點頭示意，卻沒說話。

女人探頭看了看他們，隨後小聲問身邊的男人：「這棟大樓裡入住別人了？」

「嗯，我賣了一層出去。」

四個人一起進入電梯，全程沒有言語，直到童延帶著許昕朵走出電梯，他才跟許昕朵小聲說：「剛才那個男的是印家的，好像叫印少臣。」

他們這個圈子裡有兩家財閥世家，一個是童家，一個是印家。

童延和這位也算是眼熟，畢竟經常在一些場合遇到，抬頭不見低頭見的。

童延以後也會是童家的繼承人，但是他不愛交際，至今都沒有和那些人交談過，也不太想接手產業，這讓童父十分頭疼。

「你在他手裡買了房子？」許昕朵剛才聽到那兩個人的對話。

「我讓管家買的，不知道從哪裡買的，也許是吧。」童延走到門前幫許昕朵設定指紋門鎖，同時說道，「印家還有一個小子在讀高一，平時總在我面前跳，特別煩。」

「印少疏？」

「對，就是他。」

「我和他打過一次架。」

童延這才反應過來，為什麼印少疏總跟他嗆聲了，原來是許昕朵惹的？

「你們還打過架？」童延詫異地問，他完全不知情。

「打就打，還需要跟你彙報嗎？」

「不用不用。」童延立即擺手，「姑奶奶想幹什麼就幹什麼，我只是想問，贏了嗎？」

「贏了。」

「那就行，沒贏我就去揍回來。」

指紋輸入完畢，童延告訴許昕朵密碼，接著帶她進門，同時感嘆：「妳平時很少惹事，怎麼會去打架？」

「他不尊重女孩子。」

「哦，那我懂了。」

許昕朵走進房子，就覺得這個屋子無法讓人進去，都被零食堆滿了，各式各樣，各種口味，堆得到處都是。

她看著這個房子，再扭頭看看童延，問：「什麼情況？」

「禮物啊。」

「這些零食？」許昕朵指著地面問。

「這個房子。」童延指著屋頂回答。

童延買的房子是單層單戶，下了電梯便算是入戶了。不過童延想著許昕朵一個女孩子住，為了以防萬一，還是做了門廳，加了一道鎖。

走進房子內，就是非常敞亮的大坪數房子了。入門是入戶大堂，從這裡開始，已經堆滿了零食。

好在零食裡開闢了一條小路，讓她能夠從零食中間穿過去進入房間。

再去看客廳，天花板還飄著氣球，每個氣球下面都繫著一個小盒子。

背景牆上裝飾著生日氣球與鮮花，讓面積很大的房子看起來滿滿的。

童延買的是有裝潢的房子，來這裡做一做清潔，再進行一些調整，便可以入住了。

整體的風格以白色系為主，乾淨俐落。裝潢風格以及家具搭配，也都以簡約為主。許昕朵走進去看到客廳的落地窗後，腳步停頓片刻才快速跑過去，拉開玻璃門，走到陽臺，看外面的夜色。

這裡的位置算是本市夜景最好的地段，看到外面燈光璀璨，許昕朵的心口顫了兩下。

童延跟許昕朵介紹：「出了社區對面就是商場，附近交通也方便，距離醫院也近。看到那個景觀湖了嗎？社區裡建的，是不是特別漂亮。到時候妳搬這裡來住，把奶奶接過來，我們再雇幾個保姆照顧奶奶，妳就算去上學了，也不用擔心奶奶的身體問題，有人照顧呢。」

許昕朵是喜歡的，但是她知道，她不能這樣收童延的東西。

她走出陽臺，進入客廳，同時說道：「我不能虧欠你太多。」

「這叫什麼虧欠啊？我自願的。妳看看這個房子，房子裡堆滿妳喜歡的零食，臥室裡放滿了糖果，床頭櫃裡有妳身體不舒服時可以吃的藥。」

許昕朵靜靜地看著他，許久才垂下眸子說道：「童延……我不想和你發展成依附的關係……我是吸血蟲嗎？」

童延早就想到許昕朵肯定不願意要，這女孩接受他最大的幫助，居然是幫她買了幾年的衛生棉……

「妳要是在穆家那邊受委屈了，就來這裡住。把這裡當妳的底牌，是妳的底氣，就算跟他們決裂了也不算無家可歸。」童延只能這麼說，隨後給許昕朵一張電梯卡。

許昕朵看著電梯卡遲疑了一下，還是伸手接了過來：「好，我會時不時過來吃零食。」

「怕胖就用我的身體來吃。」童延伸手揉了揉許昕朵的頭，結果許昕朵身體後仰躲開了。

「好。」

童延朝著客房走過去，對許昕朵說道：「我叫奶奶起床。」

許昕朵趕緊跟著跑過來：「你把奶奶接過來了？」

「嗯。」

「不會是騎摩托車接的吧？」

「我傻啊？」童延被許昕朵的想法驚呆了。

敲了門，許奶奶打開門走出來，笑呵呵地看著許昕朵：「朵朵來啦？」

許昕朵伸手扶許奶奶：「嗯，您最近身體怎麼樣？」

「都挺好的，吃的好住的好，就是沒什麼事情做了，好在還能跟著學學書法。」許奶奶說著走出來，對許昕朵解釋，「我歲數大了，不行熬夜，就先睡會，等過了十二點幫妳過生日。」

童延到一旁，隨手拿一袋零食撕開，吃著洋芋片的時候對許昕朵說道：「我本來想辦一個特別盛大的生日會，但是想到妳可能不喜歡，也就作罷了，把奶奶接過來我們三個人一起過。」

許奶奶跟著說：「我們兩個做了生日蛋糕給妳。」

說著，帶著許昕朵往廚房走。

走路的過程中，童延湊到許昕朵身邊耳語：「我跟奶奶說這裡是租的場地，她好像……一下子不太能接受這種過度。」

許昕朵點頭：「嗯，我知道了。」

走進廚房，看到蛋糕時許昕朵愣住了。

童延跟許昕朵介紹：「我說要做蛋糕，奶奶信心滿滿說她能做好幾種。妳看這個蛋糕，玉米麵粉作的大蛋糕，我把中間掏空想要放奶油，奶奶不同意，說不實惠，就抹了醬，放了熏雞肉。最後才在上面抹了一層奶油，放了兩個草莓。」

許昕朵看著這個蛋糕哭笑不得。

童延又介紹另外一個蛋糕：「妳再看看這個蛋糕，它就更厲害了，細膩潤滑的棗糕……裡面奶奶從村裡帶來的大棗。我們在棗糕的上面也做了裝飾，還寫了妳的名字。」

許昕朵看著棗糕上的奶油，寫著朵朵十七歲生日快樂的字樣，笑著笑著眼眶卻紅了。

她想要的不多。

和自己在意的人在一起，普普通通的就可以。

轟轟烈烈的不一定能感動許昕朵，但是不經意的一個小細節，許昕朵卻能記很久。

前些年的生活真的很枯燥，她在意的人只有兩個，一個是許奶奶，一個是童延。

現在，看著這兩個人為她精心準備的蛋糕，雖然不太好看，心中卻柔軟得一塌糊塗。

她看了一下蛋糕，接著坐在餐桌前，訊問：「有沒有蠟燭啊，我還要許願呢。」

童延從一旁拿來蠟燭，打開的同時嘟囔：「也不知道能不能插住，我插棗糕上吧。」

勉為其難地插上了兩根蠟燭，隨時都有可能倒，許昕朵只能提前坐在桌子前雙手合十閉上眼睛許願。

童延和許奶奶在一旁看著，等許昕朵吹滅蠟燭後，童延拄著桌子問：「許了什麼願？」

「希望你自己考試後能及格。」

「……」童延覺得，這是一個悲傷的話題。

這個時候，許昕朵聽到了奇怪的叫聲，立即起身出去，走到一個房間門口，看到裡面居然有一隻公雞和一隻老母雞。

在她打開門的時候，從裡面緩緩走出兩隻小羊羔，嘴裡不知道在咀嚼著什麼，吃得津津有味的。

許昕朵看著這個場面沉默了整整三分鐘，一句話也沒說，之前的感動瞬間煙消雲散。

童延站在一旁解釋：「這房子有六間房間，住的人少太空空的，我就買了這個，養大了還能宰了吃肉。大公雞多好啊，奶奶不是羡慕鄰居家裡有大公雞？這公雞還能每天打鳴給妳聽。」

浪漫就是送禮物不送空錢包，裡面還放了錢。

毀滅浪漫就是送禮物不送空錢包，裡面塞了路邊分發的廣告傳單，還是專治不孕不育的。

許昕朵深呼吸，走進房間裡，抓起公雞的翅膀把牠拎了出來，說道：「吃了吧。」

「蛤？這就吃？」

「嗯，這裡有刀嗎？」

「有是有……」童延回答完倒吸一口涼氣。

許昕朵單手拎著雞，浩浩蕩蕩地朝著廚房走，手起刀落，處理乾淨後，真的開始做雞湯了。

童延沉默地看著，心中默念，這種殺雞不眨眼的女人，真的不能惹。

這邊許奶奶切了一塊棗糕給童延吃，童延也沒客氣，那邊許昕朵燉湯，童延和許奶奶一起吃「蛋糕」。

許昕朵在等待的時候，拿起手機，看到穆傾亦傳來的訊息：『不要在外面過夜，早點回來。』

許昕朵看到訊息嚇了一跳，趕緊回覆：『嗯，好的。』

顯然穆傾亦已經知道了，就不能再裝傻了。

穆傾亦：『生日會在晚上七點開始，放學後同學們就陸陸續續過來了，妳直接把禮服準備好，放在房間裡。』

許昕朵：『好的。』

許昕朵回頭跟童延說了這件事情，童延大手一揮：「不用管他。」

童延看時間已經到了十二點，對許奶奶說：「奶奶妳看著湯。」

叮囑完後帶著許昕朵走了出去，兩個人一起到露天陽臺上，童延打開音響，播放一首曲子。

陽臺也布置了星星燈，周圍還有鮮花裝飾，花叢中有幾個香薰燈，亮著瑩瑩光亮。光從燈罩的縫隙中透出來，在玻璃與周圍布上點點星光，看起來夢幻又有少女心。

童延朝著許昕朵伸出手來，做出邀請的樣子，許昕朵也沒猶豫，牽住童延的手。

在兩個人的生日當天，一起跳舞。

他們都上過舞蹈課，可惜兩個人的舞蹈課學的都是男士跳舞的姿勢，許昕朵並不習慣當童延的舞伴。

跳了一下，許昕朵順手環住童延的腰，接著讓童延身體向後仰去。

童延被許昕朵控制後表情就垮了，也不跟許昕朵跳了，站起身氣急敗壞地提醒她：「妳是女生！是女生！」

許昕朵只能道歉：「抱歉，習慣了。」

童延再次走過來，伸手將許昕朵拽到了自己身前，她的身體慣性使然，直接摔進他的懷裡。

抬頭時，四目相對，許昕朵一瞬間慌了。

童延終於滿意了，笑得狡黠，攬著許昕朵的身體，控制著她配合自己，讓她和自己跳舞。

雖然中間的動作不夠完美，但是完成度很高。

跳完這支舞，童延對許昕朵說道：「生日快樂。」

許昕朵暗暗握住拳頭，手心似乎還有童延手掌的溫度，隨後她說：「生日快樂。」

之後，他們讓許奶奶去休息，明天童延會派車將許奶奶送回養老院。

許昕朵一直顧著雞湯，覺得差不多了才關火，兩個人坐在一起喝了一些，順便吃了許奶奶和童延親手做的蛋糕，其他的雞湯許昕朵用保溫盒裝著，帶了回去。

童延送許昕朵到社區裡面，為了不讓其他人看見，故意停在遠處。

下車後她叮囑：「你回去的時候小心一點，這麼晚了，是疲勞駕駛。」

「我是夜貓子，平時這個時間都還沒睡。」童延說完從口袋裡拿出一個盒子給許昕朵，「生日禮物。」

「不是已經送了？」

「我知道妳不會要的，所以還準備了這個，再不然我們就絕交吧。」

許昕朵把小盒子收下了，隨後小聲說：「我也準備了禮物，等到學校給你。」

「嗯，好，先別告訴我是什麼，不然就沒有驚喜感了。妳回去吧，我看著妳進家門了就回去。」

「好。」

許昕朵拿著東西朝著穆家走，發現穆家客廳裡還亮著燈，她一進門就看到穆傾亦坐在客廳裡看書。

沒有其他人，應該被穆傾亦支開了。

穆傾亦看到許昕朵進來，起身走了過來，站在許昕朵面前：「女孩子最好不要這麼晚回來。」

「我下次注意。」許昕朵說著把保溫壺遞給穆傾亦，「我親手燉的雞湯，你喝喝看？」

穆傾亦伸手接過去，看了一眼後詫異地問：「你們深夜出去……燉湯？」

「過生日被送了一隻雞？我就把雞殺了，燉了。」

「妳還殺雞？這是女孩子應該做的嗎？」

許昕朵奇怪地看著穆傾亦：「為什麼我殺雞你這麼生氣？你是雞嗎？」

「……」穆傾亦哽住了，沒回答出來。

許昕朵沒再多留，準備上樓回房間，卻被穆傾亦叫住：「給妳。」

許昕朵回頭，看到穆傾亦頭都沒抬，只是背對著她遞出一個小盒子。

她伸手接過，問：「生日禮物？」

「嗯。」

「我那個雞湯可以算是送你的生日禮物嗎？」

「隨意。」

「確實不太好。」許昕朵開始思考該送穆傾亦什麼，他什麼都不缺吧。

穆傾亦這時才回頭看向許昕朵：「妳和他並不合適。」

許昕朵的表情逐漸變得嚴肅，隨後對穆傾亦淡然地說道：「他比你們都重要。」

許昕朵可以為了童延，來到穆家和他們成為「家人」。

許昕朵也可以為了童延，捨棄這些家人。

童延比穆家人重要多了。

在她心裡，他最重要。

穆傾亦的表情有點失落，他甚至能理解許昕朵的心情，這個家確實沒有給過許昕朵任何溫暖。

隨後他說道：「如果妳喜歡，我可以幫妳想想辦法。」

「別擔心，他不喜歡我。」許昕朵說完拿著禮物上樓，回到自己的房間。

許昕朵回到房間，打開童延給自己的盒子，是一個手錶，還有一張小卡片。

私人訂制手錶，錶盤是夜幕星河的彩繪，活動間有流動的星光，閃閃發亮，漂亮得許昕朵拿著手錶看了許久，喜歡得不得了。

再打開穆傾亦送自己的禮物，是一套首飾，似乎可以搭配她那件一字肩禮服，也算是挺用心了。

她把手錶戴在手腕上，心裡美滋滋的，明知道不合適，還是打算戴著手錶睡覺。

♫

早晨。

許昕朵進入班級不久，班長就來找許昕朵，說起積分的問題。

國際班的考試跟普通班不一樣，他們採用電腦記分的方式，分為：考試成績、日常表現（包括出勤情況）、其他加分。

考試成績是按照分數積分的，每個學年一共考六次，每學期三次，且考試時間跟普通班分開。

日常表現是各科老師的評分，和出勤情況。

其他加分，就是參加比賽獲得的額外加分。比如童延參加了一個國際比賽，額外加分高達八十分。

許昕朵轉學過來後，已經錯過了高二第一次考試，這樣積分會比其他人落後一大截，不利於許昕朵的年底考核。

如果許昕朵最後的分數太低，可能會拉低四班的平均分。像童延，就是拉高四班平均分的人。考試成績次次都是第一名，日常表現老師也會給高分，加之經常參加比賽，去年的年底總分數，比第二名高出了三百九十一分。

但是許昕朵少了一次考試的成績，就是最大的問題，算平均分數的時候可不管許昕朵有沒有參加考試。

所以班長被派來找許昕朵商量，讓許昕朵參加幾項比賽，給了許昕朵單子。有茶藝比賽、籃球比賽、網球比賽等等，班長甚至貼心地在單子上寫了每個項目會給的加分分數。

許昕朵拿著單子陷入糾結，隨後說道：「好，我看看。」

「妳也可以參加一下普通班的考試。」

「啊？」許昕朵還不知道這件事情，去年她沒參加過。

「之前畢業的學生裡有這麼操作的，上著國際班，其實兩種課程都有學，最後考到華大去了。後來這種學習方式被學校採納了，國際班的學生也可以參加普通班的考試，考試分數也會記入總成績，只不過分數會減去一半，但也非常不錯了，妳以前不是學過普通班的課程嗎？」

許昕朵覺得大開眼界，感嘆道：「原來還可以這樣？」

「對，只不過這麼考的學生很少，畢竟沒去上過那些課。不過妳剛轉學，應該可以。」

許昕朵連連點頭：「好的，我知道了，普通班的考試是哪天。」

「後天，妳可以跟老師申請一下，老師會幫妳安排考場。這件事要去跟國際班的主任說，在四樓辦公室，黃主任，就是黃花老師。」

「好的。」

許昕朵在整理比賽單子的時候，童延進入教室，看到班長離開於是問：「和班長聊什麼呢？」

「我的積分不行，會拉低我們班的平均分。」

「把我的積分給妳。」

「算了吧，天知道你之後的成績會怎麼樣，我說不定少考一次都會超過你。」

「……」童延不想說話了，坐在位子上伸手，勾了勾手指跟許昕朵要禮物。

許昕朵懂了，從自己的包裡拿出一個盒子，接著打開，從裡面拿出了厚厚一疊考卷：「這些題目都是我針對你出的，總結你之前的錯題，還有你的不足點。按照我的編號寫，循序漸進，寫完這些題目就能鞏固你的成績了。」

童延的表情以肉眼可見的速度垮掉：「許昕朵，我的生日禮物就是這個？」

「對啊！每道題目都是我精心設計的！我編了整整一個月呢！每天都寫到深夜。」

童延看了看許昕朵認真的表情，再看看盒子裡一疊考卷，突然有點頭暈的感覺，就跟喝了藿香正氣水似的，一瞬間搞得他整個人都不好了。

許昕朵看到童延有點失望，立即打了一個響指：「當然不會只有這個。」

童延鬆了一口氣，還沒笑出來，看到許昕朵拿出一堆本子，還在上面綁了蝴蝶結：「這個是我總結的精華版上課筆記！我還幫你畫了圖解！」

童延看著厚厚的筆記，心情複雜萬分。

許昕朵看著他的模樣突然慌了，問：「不喜歡嗎？」

「確實比大蛋糕用心。」童延伸手接過，把試卷和筆記都放進盒子裡，「我需要吸點氧氣……」

第八章　生日會

延真的非常不會照顧其他人的心情，不喜歡就是不喜歡，所以在收到許昕朵禮物後，他真的是肉眼可見的不高興。

他開始不理許昕朵，難得看許昕朵一眼都是在瞪她。

許昕朵也很委屈，她真的是提前很久就在用心準備生日禮物了，他怎麼會不喜歡呢？

許昕朵百思不得其解。

她是不是把童延寵壞了？讓他覺得天亮了，可以為所欲為了？

在許昕朵去上選修課的時候，童延才翻開筆記本，翻看幾頁，看到上面確實有圖解，還畫了小刺蝟做整套筆記的形象代言人。

特別是刺蝟脖子的位子有一個紋身，因為地方小寫不了字母，就用波浪線代替。

童延翻了幾頁後嘴角逐漸上揚，氣也逐漸消了。

確實用心了。

他決定買一杯烏龍茶，跟許昕朵說清楚。

拿著烏龍茶去選修課教室逛了一圈，沒看到許昕朵，於是又去了多媒體大樓，最後居然在茶藝教室看到許昕朵。

許昕朵出現在茶藝教室倒是無所謂，有所謂的是許昕朵居然端端正正地坐在邵清和的面前。

童延站在門口看了一下又一下，教室裡其他的學生都注意到他了，許昕朵卻沒注意到，還倒了一杯茶給邵清和。

這讓童延氣得翻了個白眼把烏龍茶扔進垃圾桶裡。

喝個屁！

就不應該原諒妳！

接著氣鼓鼓地離開了。

許昕朵知道自己的禮物，恐怕不會被男生喜歡。

說來也委屈，她這麼多年，從來沒有很要好的男性朋友，說是和童延好吧，也不知道童延喜歡什麼東西。認識魏嵐和蘇威吧，又覺得畫風格格不入，魏嵐和童延站在一起，就是兩個極端體。

一個花裡胡俏的，一個恨不得一身黑。

主要是童延什麼都不缺，什麼都有，對什麼東西都沒有表現出特別的喜好。

她想著，應該送童延他輕易得不到的，就用心的做了那些。

結果，童延明顯不喜歡。

今天還要送一個禮物給穆傾亦，要是再送錯了，她就要難受死了。

整個穆家，許昕朵只對穆傾亦的印象好一點，覺得這個哥哥還算給了她一點親人的感覺。對於這件禮物也算是上心，於是打算問問穆傾亦最好的朋友。

她跟婁栩打聽到邵清和的興趣班，於是今天就來蹭課了。

原本茶藝課是冷門課，但是因為邵清和在，使得這個教室裡座無虛席。許昕朵也是被邵清和注意到，主動引到自己的座位前才有地方坐。

不過教室裡其他的女孩似乎很討厭她的到來，看著她的目光不太友善。

許昕朵其實也沒想在這裡上課，只是想問完問題就走，於是坐下之後就問邵清和：「我送穆傾亦什麼生日禮物好？」

絕對不能再翻一次車了。

邵清和還挺意外的：「妳還沒準備啊？」

「其實我也是收到了他的禮物，才想到應該回他一樣禮物。」

「呃……」邵清和摸了摸自己的下巴，似乎也有點苦惱，「其實這件事情我也很煩惱，畢竟我們認識很多年了，我每年也很煩這個？」

「那你以前送過什麼？」

邵清和努力回憶後說道：「送過眼鏡框、領帶、袖釦等等，是不是也挺不用心的？」

「也算可以吧，他都喜歡嗎？」

「他嫌棄所有的禮物。」

「啊？」

「嫌棄歸嫌棄，但是他都會留著。」

許昕朵還是覺得沒有得到任何提示，苦惱得不行，低頭看面前的茶具，又問道：「茶藝考試簡單嗎？」

「我覺得很簡單，這裡很愜意，算是很輕鬆的科目之一。」

「我這學年的學分不行，畢竟錯過一次考試，班長讓我多報名興趣班，多參加考試，多參加比賽。」

「要不然妳試試看？」

許昕朵也沒拒絕，抬手倒了一杯茶給邵清和，遞到邵清和面前，問：「我的手是不是挺穩的？一滴不漏。」

邵清和看著面前的茶杯許久後才抬頭問她：「倒滿杯？」

「不行嗎？這杯這麼小，喝不了幾口吧。」

「妳聽沒聽說過一句話，茶倒滿杯是欺人，酒倒滿杯是敬人？」

許昕朵對茶確實不懂。

她在鄉下的時候也不太喝茶，奶奶總是煮紅糖紅棗水給她喝，都是滿滿一大杯。

到了童延這邊，童延家裡也不講究茶這方面，童延更不是會喝茶的人，所以對茶是一點研究都沒有。

許昕朵只能嘆氣：「那是不是有點難啊？」

在許昕朵看著茶杯嘆氣的時候，邵清和注意到童延從門口離開的背影，卻沒有提醒，只是繼續微笑著說：「無礙，我可以教妳。」

「算了，我先從我擅長的開始比，這些附加科目以後再說。」

「妳擅長什麼？」

「散打、巴西柔術、跆拳道、滑板、摩托車……」許昕朵認認真真地說道，邵清和的表情逐漸不自然。

許昕朵注意到邵清和的表情，想了想後又說道：「我還會書法，還有鋼琴。」

「老家的課程也很多？」

「哦。」許昕朵想了想隨口扯謊，「有同學會，教我的，書法和鋼琴是有課，我們也有音樂課的。」

邵清和微笑，說得和善：「妳說，我就信。」

許昕朵覺得他們聊得有點跑題了，於是問道：「你說，我送他一條圍巾可以嗎？」

「可以，他每次過生日的時候，這種禮物能收個十樣八樣的，圍巾更是各種樣式都有。」

「啊？」許昕朵崩潰到不行。

「對，更有意思的是女孩子會送情侶款的首飾給穆傾亦，不過刻意裝在單獨的盒子裡，然後偷偷的和他有情侶款，所以這種東西穆傾亦一般不會戴出來。」

「不要送飾品，不要送常規的？」許昕朵又問。

「不過，妳就算送穆傾亦一個掛鉤，他都能別再校服上戴到學校來，放心吧。」

「好，謝謝你，我仔細想想，放學後去商場看看。」

許昕朵說完就要起身出教室，結果老師卻在這個時候來了，風姿綽約的三十餘歲女性，穿著漢服，看起來恬靜又優雅，鐘靈毓秀。

她看到許昕朵後問道：「是有新同學嗎？」

邵清和幫許昕朵回答：「嗯，為了國際班的學分來的，想看看課程難不難。」

「我們這門課最能磨練人的性格了，放鬆身心，修身養性，還能品茶，妳選對了，坐下吧，我們開始上課。」

許昕朵又走回去重新坐下來。

她坐下後小聲問邵清和：「你們這門課就是反反覆覆的倒茶喝茶嗎？」

「不，還會品茶，分辨出不同品種的茶有什麼獨特的味道。還會說一些茶的知識，告訴妳如何分辨茶葉的品相，什麼樣的是新茶，什麼樣的是舊茶。」

許昕朵只能認認真真地聽了一節課。

這節課上，邵清和全程笑瞇瞇的，還會單獨指點她，看起來水準並不比老師差。

婁栩說的是真的，邵清和給人一種儒雅公子的感覺，模樣溫柔，笑面世人，挑不出什麼毛病來。

下課後，許昕朵去了另外一個興趣班，進去就看到童延也在，穿著柔道服和魏嵐、蘇威站在一起。

說來也是神奇，柔術課居然也是一整個教室的女生，這個教室裡也多是為了童延、魏嵐來的人。

她過來是為了學分，先選擅長的，這樣積分能高一些。

然而因為她第一次來上課，老師怕出問題，所以第一節課全程讓她在旁邊練基礎，看著其他人上課。

許昕朵也沒說什麼，安安靜靜地上課，偶爾看童延一眼，就見到童延依舊是那副樣子，都不想理他了。

不就是送的禮物不喜歡嗎？至於這樣嗎？

她也不想理童延了。

就這樣互看不順眼到了下課，其他同學都散了，回去收拾書包就可以放學。許昕朵準備離開的時候被童延拽住，問道：「打一架啊？」

許昕朵看這小子居然挑釁，並不懼怕，點頭說道：「好啊！」

有人想圍觀，被童延掃視一眼全跑了。

魏嵐有點想留下，結果還是被童延踹走了。

許昕朵做了半天起橋的動作，多少有點累，稍微呼出一口氣，跟著童延一起上了墊子。

教室裡沒有比賽的圍欄場地，不過是墊子而已，兩個人面對面站好，童延還在大言不慚：「我可以讓著妳。」

「用不著！」許昕朵還來脾氣了！

說是這樣說，童延到底還是讓著許昕朵的。

他只是想要按住許昕朵，之後再跟她算帳。結果許昕朵不像一般女生，他一點好處都討不到，還被擰得疼得不行。

兩個人最後以詭異的姿勢僵持住了。

許昕朵躺在墊子上，抓住童延一隻手按在身前，一條腿搭在他的肩膀上，一條腿扣在他的腰上。

童延只能努力維持不動半天都掙扎不出來。

兩個人像互相牽制的螃蟹，誰也沒討到好，誰也不鬆開誰，就是僵持著。

許昕朵罵他：「看不出來你氣性挺大啊，還想跟我生多久的氣？」

「是因為禮物嗎？」

「那是因為什麼？」

「妳找邵清和幹什麼？」

「我問問他送穆傾亦什麼禮物好，結果要出教室的時候老師來了，不得已聽了一節課，怎麼了？」

沒怎麼！

童延不爽而已。

童延氣得不行，說起許昕朵的外號來：「許陽花，妳這的名字真的沒白取，妳就是水性楊花的！」

許昕朵的名字，昕字代表早晨的陽光，朵呢，聯想到花朵。

童延從小就賤，給許昕朵取了個外號叫許陽花。大了就很少說起了，這次又重新提起來。

誰知許昕朵居然在這個時候瞬間掙脫僵持，抽出手突然掐住童延的脖子：「你叫我什麼！」

「……」童延不吱聲了。

如果他說錯話，會被許昕朵掐死。

他只能低頭看著許昕朵，不知什麼時候許昕朵的道帶開了，衣衫微微敞開，漏出裡面的小背心來，鎖骨分明，還有一道事業線，身體肉眼可見的柔軟。

童延想不明白，許昕朵的身體他也熟，現在看到怎麼有點不自在呢？

許昕朵鬆開腿，童延也在同時起身，可是許昕朵始終不鬆開他的脖子。

她就這樣單手掐著童延的脖子跟著起身，氣勢洶洶地吼：「童延，你要是再這麼叫我，我就打死你！」

「許爸爸。」

許昕朵終於鬆開童延，氣勢洶洶地準備出去，卻突然被童延拽住。

她沒有轉身，童延便從她的身後伸出手，環著她的腰，幫她把道帶繫上。

童延繫道帶的動作不急不緩，幫別人繫有點不習慣，仗著個子高，將許昕朵拉到懷裡，低下頭看著她繫。

許昕朵的身高有一百七十五公分，童延的身高是一百八十八公分，比許昕朵還高出十三公分來。

靠在童延懷裡，許昕朵多少有點不自在。剛才打架時還沒覺得有什麼，此刻靜止下來，突然聞到童延身上的香味。

童延從來不噴香水，但是他的衣櫃裡常年有傭人擺放熏香，是那種非常傳統的工藝香。芳香持久卻不會太過濃郁，淡淡的，很好聞。

童延身上常年帶著這種味道。

她冷靜下來後，低聲問：「你說我水性楊花是什麼意思？」

童延回答得理直氣壯的：「我們兩個人是不是有過約法三章？不能談戀愛！妳到處勾搭幹什麼？要是我到妳的身體裡了，一個男的在我旁邊，拉拉小手，還要親我，我能打到他斷子絕孫。」

「我沒有什麼想法，只是覺得他和穆傾亦熟悉，不想要禮物再翻車一次。」

說起來還是要怪童延。

要不是童延明顯不喜歡她送的禮物，她也不會慌了去問邵清和。

童延幫她繫好道帶，鬆開她，一起往外走，同時說道：「我送了東西到妳家裡。」

「什麼？」

「禮服，搭配那個手錶的。」

「穿禮服……戴錶？」

「我就要妳戴著那個錶！之後我去會家裡接妳，等我就好。」

兩個人走出教室時，魏嵐和蘇威在外面等他們了，他們要去男子更衣室，許昕朵去了女子更衣室。

進入男子更衣室後，魏嵐心事重重地嘆氣：「延哥，你要是喜歡我就放棄。」

魏嵐在某種意義上還在追許昕朵，看著自己的兄弟和許昕朵孤男寡女共處一室，他難免多想，最後決定讓步。

童延換衣服的時候回答：「倒不是我喜歡，只是覺得你追不上。」

「唉，好吧，我放棄了，我退出了，從此我只是一個助攻。」

童延回頭看了魏嵐一眼，覺得魏嵐肯定會有很多騷操作，卻也不知道該怎麼解釋，於是也就不管了，愛怎樣就怎樣吧。

♫

許昕朵放學後，讓德雨開車去了商場。來之前她查到了一個地方，直奔那裡去。

這裡是一家裝潢古典的店鋪，專賣文房四寶之類的東西。

許昕朵逛了一下，看到這裡還可以自製扇面，於是請來店裡的文房四寶，單手執筆，用毛筆在扇面上寫了一段詩句：凍花無多樹更孤，一溪霜月照清臒。

出自《梅花》。

實在想不到寫什麼，就寫這麼一句吧，符合穆傾亦那清心寡欲的樣子。

許昕朵在寫的時候，店主在一旁看著，隨後感嘆了一句：「小姑娘的字是真的不錯，練了不少年吧？」

許昕朵也不否認：「嗯，七歲開始的。」

「確實有功底。」

之後，許昕朵又去選了文房四寶，以此作為禮物。

許昕朵真的是黔驢技窮了，對於送禮物是真的不擅長。

穆家在許昕朵來穆家之後，給了她一張生活費的卡。許昕朵曾經去銀行裡刷了一下，也不算多，有十萬。

穆父之前說過，家裡每個月都會轉生活費給許昕朵，三個孩子都是一樣多的。

今天在刷文房四寶後，許昕朵看到卡裡多出了三萬塊錢，應該穆家每個月給孩子的三萬生活費。

說真的，在穆家這樣的家庭，每個月給孩子三萬的生活費有點少。

不過對於許昕朵這種苦過來的孩子是夠的。

像童延，他的卡裡少說有幾千萬，加之平日裡家裡給的，或者其他親戚給的，偶爾去買一間房子，或者再買輛摩托車都是小意思。

童延每個月的生活費最低是五十萬。

兩家也真的是對比強烈。

許昕朵買給穆傾亦的文房四寶加上扇骨與製作費，一共花了七萬多。許昕朵之前還買了不少日用品，卡裡剩下的錢一下子就拮据了。

這個扇子是手工製的，扇面贈送，但是扇骨非常講究，許昕朵也選了好的材料，價格也就高一些。

買完這些後，許昕朵坐在車上設定刷卡的簡訊提醒，結果看到設定一個簡訊提醒，都需要拿著身份證到櫃檯去辦，許昕朵放棄了。

她靠在椅背上進行短暫的閉目養神，到了家裡沒有幾個人。生日會在社區裡的宴會廳舉行，穆家早就布置好會場，如今家裡很多人都在會場幫忙。

許昕朵回到房間，看到床上放著巨大的盒子，打開看到是一件禮服，應該是童延送過來的。

這件禮服拎起來的時候就覺得非常的重，她拿到鏡子前比量，忍不住笑起來，接著將禮服換上。

為了搭配夜幕星光的手錶，童延準備的禮服也是蔚藍色的，上面鑲嵌著閃閃的鑽，動的時候閃閃發亮。

禮服看似是抹胸，其實有透明的材質做肩帶，後背也都是這種透明的材質，上面繡著繁雜的花藤圖案。這樣看起來，彷彿是美背上的紋身，後背能展露出來，還不會走光。

這件禮服明顯是童延用心挑的，把許昕朵的優點全部都展示了出來，纖長的脖頸，漂亮的鎖骨、直角肩，還有蝴蝶骨，以及腰際的腰窩。

禮服包臀設計，在大腿處散開成A字型，把整個人的線條都凸顯了出來。

她覺得不需要什麼首飾了。

這件裙子就足夠閃亮了。

穿好裙子，有人敲門進來幫她化妝，她坐下之後問化妝師：「他們都已經過去了嗎？」

「並沒有，我的同事在隔壁幫妳的姐姐化妝，只有妳的哥哥過去了，他完全無需化妝。」

「哦。」

「妳和哥哥很像，不過我還是幫妳塗個眼影和口紅吧，把頭髮盤起來可以嗎？」

「好。」

許昕朵因為去選禮物，回來晚了一些，化妝完畢後發現穆傾瑤已經去會場了。

她沒有適合搭配禮服的外套，於是隨便披了一件，手裡拿著給穆傾亦的禮物，再次上了德雨的車。

她穿了高跟鞋，走路不太方便，到了會場走路也不快，進去後看到已經有很多人到了。

生日會剛開場二十分鐘，主角在中間，許昕朵沒有走進去，而是等待暖場的主持人說完話，全程站在角落。

等暖場結束，有人注意到許昕朵，在一個地方安安靜靜地坐著了。

路仁迦走過來主動和許昕朵搭話：「怎麼穿著外套，怎麼？第一次穿禮服不自在嗎？」

許昕朵回答得還算友善：「我比較怕冷。」

她是真的怕冷，天氣稍微涼一點就需要穿得很厚。此時已經十月末，天氣轉涼，裙子裡沒有底褲，她進入會場這麼久還沒有暖和。

穆傾瑤在這個時候走過來，似乎在幫許昕朵救場：「妳來了啊，我剛才都沒注意到妳，把外套脫了吧，不太合適，外套給服務生就可以。」

許昕朵也沒執著，點頭同意了，把禮物放在椅子上脫掉外套。

她站起身的一瞬間，穆傾瑤下意識退後一步。

許昕朵本來就高，此時還穿了高跟鞋，身高快要突破一百八。

再加上許昕朵有著豔壓全場的美貌，此時還穿著足夠華麗的禮服，靠得離許昕朵近一些，都會淪落為陪襯。

她的身姿出挑，一身鑲嵌著鑽石的禮服，仿若夜之星河，卻只是穿在她身上的陪襯罷了。真正美豔的是她的人。

羊脂白玉般的白皙皮膚，因為寒冷，肩頭渡上了一層暖色。具有高貴感的臉頰，配上這樣的身材，想不出眾都難。

在場還有許多不認識許昕朵的人，也在穆傾瑤這個主角過來後，紛紛朝這邊看過來，隨後驚訝地詢問這個女孩是誰。

穆傾瑤在此時轉移話題，指著椅子上的盒子說道：「這是給我的禮物嗎？」

禮物盒子有兩個，穆傾瑤覺得應該有一個是她的。

誰知，許昕朵並不給她面子，微笑著說道：「不，是給哥哥的。」

場面一陣尷尬。

許昕朵這樣，沒有原諒她這件事就遮掩不住了。

穆傾亦也在這個時候走過來，問許昕朵：「為什麼沒穿選定的那一套？」

在穆傾亦看來，許昕朵這件衣服……露的有點多……成何體統！

「我覺得挺好看的。」許昕朵回答完指了指盒子，「給你的生日禮物。」

穆傾瑤在一旁跟穆傾亦撒嬌：「妹妹都沒送我，我可以看看妹妹送的是什麼嗎？」

倒是會幫自己找臺階下。

穆傾亦並不願意，結果其他人都在起鬨，穆傾亦還是打開盒子，拿出文房四寶，最後是那個扇子。

穆傾亦展開扇子看了一眼後問：「妳寫的？」

「嗯。」

「字不錯。」

穆傾亦的性格非常彆扭，很少會誇獎人，這算是難得的誇獎。

邵清和喜歡書法和茶道這些事情，拿過扇子看了一眼，笑道：「妳選材料的倒是講究，字也寫得不錯。平日裡寫的是瘦金體？行書也寫得也不賴，要是再會點茶道就好了，茶道課要常來。」

穆傾亦看了看邵清和，總覺得這個熱愛八卦的好友，最近熱衷於研究自己的妹妹，這並不是一個很好的現象。

被邵清和盯上沒好事。

穆傾瑤倒是不知道從什麼時候起，許昕朵和這兩個人關係這麼好了，不由得一陣難受。

許昕朵在她的生日會上都不給她面子，表面工夫都不做了嗎？

之後穆傾亦將禮物收拾好，送到寄存處。

穆傾亦剛走，就有人注意到許昕朵的手錶，突然感嘆道：「許昕朵的的手錶和路仁迦的一模一樣呢！」

許昕朵這個時候才注意到，路仁迦居然也戴了和她一樣的手錶。

路仁迦的表情變了變，盯著許昕朵手腕上的手錶看，卻不開口。

再次有人開口：「這款錶全球限量發行的，全球就只有九個，哪裡那麼容易撞款？」

倒不是很多人都知道這款錶，主要是路仁迦今天戴著手錶到了班級展示了一圈，並且著重說明了手錶的稀有度。

白天才看過，晚上就看到一模一樣的，也真是有意思。

聚在這裡有好幾個女生，齊齊打量著兩個人的手錶，隨後暗暗冷笑。

大家都知道許昕朵是穆家新收的養女，就算穆家真的非常有錢，也不會一下子就給許昕朵很多，許昕朵怎麼可能買得起真的天價錶？

所以結果顯而易見，許昕朵戴著的錶是仿冒的。

路仁迦也在這個時候走過來，順勢拉起了許昕朵的手腕看手錶，感嘆道：「妳這家店倒是仿得很像，可以給我網址嗎？」

這時人群裡響起了竊笑的聲音，顯然都覺得許昕朵果然是鄉下來的，雖然穿的光鮮亮麗的，但是暗地戴著仿冒的錶，真夠丟人的。

穆傾瑤趕緊救場，有點著急地解釋：「你們別這樣，應該是朵朵不知道品牌，在網路上覺得很好看就買了。」

這樣不圓場還好，說完更多了幾分嘲諷的效果。

你看看這個養女，連品牌都不認識。

很快有人說道：「也不奇怪，鄉下的LV都不超過五十。」

許昕朵不想理這群人，又不喜歡他們的表情，於是說道：「這個品牌做的限量錶都會在錶盤側面刻字，字的後面有編號，每個手錶的編號都不重複。我說出號碼，你們查查寫的名字是不是我的不就行了？」

許昕朵昨天就注意到盒子裡的小卡片，本來是用來寫祝福的，結果童延只簽了個名。

她有點好奇這個錶有沒有別的深意，畢竟暗戀一個人的時候，他的任何舉動都會引起許多猜想。

她拿著小卡片輸入名字查詢，不查倒好，查了後就震驚了。

手錶的價值主要體現在有價無市，官網寫的價格是七百八十八萬，然而只有九支而已。想要預定，也需要是這家品牌的高級VIP會員才行。

貴是一方面，難買才是最重要的。真要買下來，要買其他東西到了一定額度，品牌才會給童延名額。

所以這支錶的價值遠遠超過七百八十萬。

她查詢的時候還瞭解到了手錶的特殊性，順便看了看自己的編號，官網輸入後，看到後面寫著自己的名字。

屬於她的專屬編號，屬於她的名字，專屬於她的東西，根本無法轉送。

童延就是這樣，給妳就是給妳的，妳要是不要，他就扔了。

還真的有人拿出手機，登錄品牌的官網，許昕朵拿下錶說了編號，那個人查詢之後，小聲說道：「確實是她的名字。」

說完後所有人面面相覷，有人低聲問：「怎可能？」

表情都尷尬到不行。

許昕朵把錶戴回去，隨後看向路仁迦，問：「妳的編號呢？」

路仁迦的表情徹底垮了。

她的錶是假的。

她一直喜歡童延，所以暗暗打聽關於童延的事情。知曉童延買了這樣的手錶，手裡沒有那麼多錢，買不到限量款，只能在網路上買仿冒的。

連仿冒的都需要三萬五千塊錢。

她喜歡得不得了，想著這樣也算和童延有情侶款了吧？

到學校後她還刻意炫耀了一下，就想其他人哪天看到了，發現她和童延的是情侶款。

然而路仁迦並不知道，限量款的錶是有專屬編號的。

她確實有這個牌子的錶，也知道這個品牌的價位，卻從未買過限量款。

而這個品牌的限量款不僅手藝繁複，另一個噱頭就是：專屬於你的。

她瞬間想到許昕朵的手錶可能是童延送她的，還註冊了許昕朵的名字。

她現在面對著雙重打擊。

首先是自己在這裡有點下不了臺，其次就是自己喜歡的男孩子，居然喜歡許昕朵。

許昕朵哪裡好了？

出身不如她，成績不如她，各項都是她更優秀！

許昕朵除了長得好看，哪裡都不行！

大家看看路仁迦的表情，再看到她遲遲不說編號的樣子，心裡便有所猜測了，不由得有點震驚。

剛才路仁迦那麼有底氣，大概是不知道編號的事情吧？

現在事情敗露了，路仁迦有點難堪。

有人提醒路仁迦：「迦迦，說出妳的編號來，別讓人以為妳的錶是假的了。」

路仁迦說不出來，於是氣急敗壞地說道：「我為什麼要證明啊！」

說完很快就溜走了。

圍觀的女孩子面面相覷，有人湊過來看許昕朵表上編號的位置，接著去追路仁迦。

沒多久那人回來了，笑到不行：「天啊，她的錶盤側面沒有刻字，她的才是仿冒的，她怎麼好意思在學校炫耀啊？」

接著一群人笑成一團。

許昕朵看著她們總覺得大開眼界，這真是塑膠姐妹花塑膠到毫不遮掩。

她低下頭看向穆傾瑤，看到穆傾瑤表情複雜地看著自己，對視後對著自己牽強地微笑。

許昕朵覺得她也來打過卡了，在這裡沒有什麼熟悉的人，有點想離開。

童延還想讓她去他的生日會。

結果看到婁栩衝過來，穿著高跟鞋還健步如飛，跑得飛快。她手裡拿著手機，忙不迭地打開攝影鏡頭：「快！讓我拍照，妳太他娘的好看了，我靠！」

婁栩也算是火箭班的小學霸了，此時陷入了形容詞匱乏的窘迫境地裡，只知道拿著手機對著許昕朵拍照。

拍的時候還問許昕朵：「我看剛才這裡圍了好多人，幹什麼呢？」

她剛才就注意到許昕朵了，結果意識到自己沒帶手機，趕緊去儲物櫃裡拿手機過來，這才來晚了。

許昕朵有點不適應這種拍照，走到一旁比了剪刀手，卻被婁栩嫌棄，親自過來幫許昕朵擺動作。

其實也不用怎麼擺，隨便站著就行，許昕朵現在就算在原地劈腿都是絕美的。

許昕朵含糊地回答：「沒什麼，打招呼。」

婁栩讓許昕朵轉過去，她要拍許昕朵的後背，接著繼續感嘆：「我的天啊，這個後背絕了！妳好瘦啊，這麼高上鏡居然也不會顯得壯，太厲害了。」

許昕朵哭笑不得，回頭看了婁栩一眼，似笑非笑的表情被婁栩捕捉到了。

婁栩立即跑過來給她看：「這張是不是很好看？」

許昕朵拿過手機看了一眼，確實挺不錯的，婁栩的拍照水準挺好的，顯然是為了能拍好看的帥哥、美女，下過苦工。

據說，婁栩的興趣班就是攝影班。

「我晚上修完圖以後傳給妳。」婁栩終於拍滿意了，走過去給許昕朵看她拍的穆傾亦、邵清和，「妳看，我入場的時候拍的，帥不帥？」

許昕朵看了看後點頭：「拍得不錯。」

「唉，要是能拍童延就好了。」

結果話音一落，童延居然出現在生日會的現場，全場驚呼，婁栩也傻了眼。

出現的時間巧合到彷彿是那句話召喚來的。

許昕朵這才意識到自己的手機在外套口袋裡，剛才忘記拿了，也不知道童延之前有沒有聯繫過她。

童延穿著鑲鑽的西裝，還是三件式，一雙黑色的皮鞋。一看就是量身訂做的，不然不會這麼貼合童延的大長腿，將他的身材凸顯出來。

這一身西裝多少有點騷氣，站在燈光下整個人閃閃發亮，倒是和她的禮服有著異曲同工之妙。

他進來時身邊帶著魏嵐、蘇威等人。

按理說，童延他們是沒有請帖的，但是童延還是進來了，大概是碰到了熟人將他們帶進來的。

童延的到來，自然會引來很多人迎過去打招呼。

穆傾亦沉著臉，走到童延的面前問道：「你來做什麼？」

「參加生日會啊！」童延回答得理直氣壯，笑著對穆傾亦說道，「生日快樂。」

穆傾亦壓低聲音警告：「你別胡鬧。」

穆傾亦知道他和許昕朵的關係，但只知關係好，卻不知為何會好。

這種場合童延來了，按照童延的性格，一定會鬧一番才甘休。

「我不胡鬧。」童延回答完，掃視一眼後找到了許昕朵，隨後坦然地說道，「大家同一天過生日，還是同校，為了這個緣分，我自然要過來打個招呼。」

童延說完走進去，端起一杯紅酒晃了晃酒杯，朝著穆傾亦舉杯說道：「這杯我敬你。」

穆傾亦也沒有怠慢，跟著拿起一杯酒，朝童延示意一下，接著一飲而盡，兩個人同時展示空杯。

這可不是標準的紅酒喝法，這兩個人的樣子倒像是在鬥氣。

童延接著說道：「放心，我馬上就走。生日會肯定要跟主角跳個舞，不然不就是白來了？」

童延說完，很多人都看向穆傾瑤。

此時穆傾瑤站在沈築杭身邊，兩個人還挽著手，大家都知道穆傾瑤的舞伴肯定是沈築杭。

沈築杭最近都離童延他們遠遠的，此時也沒有湊過來，聽到聲音，朝著童延看過去，似乎是在糾結要不要讓他們跳舞。

童延總不能跟穆傾亦一起跳舞吧？

誰知童延朝著許昕朵大步走過去，本來就是氣勢驚人的少年，走路的時候自帶風一般，一路走得極為瀟灑，隨後對許昕朵伸出手邀請。

許昕朵並不意外，伸手搭著童延的手一起朝著舞池走。

穆傾瑤看到這一幕身體一晃，被沈築杭扶住才站穩。

舞會尚未開始，開場舞一向是穆傾瑤和沈築杭，畢竟穆傾亦很少與人跳舞。

而這一次居然是童延牽著許昕朵進入舞池，在眾人面前坦然地跳舞。

兩個人在淩晨的時候練過一次，此時更是配合得極好。

跳舞時動作行雲流水，乾淨俐落，從容且優雅。

兩個人在一起的畫面驚豔、絕美，看起來是那麼的登對，禮服都像是刻意準備的情侶款，引來一陣陣倒吸涼氣的聲音。

第九章　尹爐

童延突然到來，還邀請許昕朵跳開場舞，這番喧賓奪主的舉動引來眾人的詫異。

但是也有人興奮至極，比如婁栩。

婁栩的性格非常奇怪，她看到長得好看的帥哥、美女在一起不會嫉妒，不會羨慕，而是興奮到不行。

她拿著手機全程錄影，捂著嘴才能控制自己不尖叫出聲。

太美了！

兩個人在一起的畫面絕配！太合適了！

顏值合適，身高合適，氣質合適，簡直就是天造地設的一對！

魏嵐站在一旁看著他們跳舞，心中五味雜陳。結果一扭頭，看到帶著老母親般微笑的婁栩，心情又複雜了幾分。

他環顧四周，看到穆傾亦臉色鐵青，似乎想讓工作人員關了曲子，最後還是罷休了。

大概是不想鬧得太難看。

穆傾瑤和沈築杭臉色鐵青，在他看過去的時候沈築杭的眼神森冷。

魏嵐不怕沈築杭，總覺得沈築杭腦殘，被這種人厭惡也沒什麼了不起的。

最激動的恐怕是路仁迦，無地自容憤然離場，受不了這樣的刺激。

等這一支舞跳完，童延牽著許昕朵的手走出來，朝著穆傾亦說道：「好，我們走了。」

要帶著許昕朵離開了。

在童延的眼裡，只是把穆傾亦當成人，而穆傾瑤不算是人，是垃圾。

穆傾亦沒有回童延，而是叫了許昕朵：「許昕朵。」

許昕朵回頭說道：「我會在十點半之前回家。」

說完跟著童延他們朝外走。

童延這個時候才有空仔細看了看許昕朵穿禮服的樣子，微微蹙眉，小聲嘟囔：「這麼透的嗎？我看圖以為是半透明。」

說完脫下自己的西裝外套，披在許昕朵肩上，伸出手示意許昕朵可以扶著自己的手臂走，畢竟她穿著高跟鞋。

許昕朵扭頭看向婁栩，問：「妳要來嗎？」

「去！」婁栩沒有任何猶豫，立即同意。

有顏在，沒原則。

他們取了寄存的東西，便一起出門，童延沒有拿回外套，許昕朵披著西裝外套比自己的外套強多了。

出門時許昕朵小聲問：「你不會是騎摩托車來的吧？」

童延有點無奈：「我在妳的印象裡是不是特別傻？」

「嗯……」

到了童延的生日會，許昕朵覺得自在多了。

童延的生日會沒有多隆重，請的人也不多，很多人她都熟悉，在童延的獨棟別墅裡舉行。

這裡是童延居住的地方，環繞型建築，建築中間是院落，走上樓梯後還有一個露天泳池。

此時別墅裡經過精心布置，燈光璀璨，亮如白晝。

許昕朵經常來這裡，還在這裡住過，在童延身體裡的時候，這裡就是她的家。

她熟悉這裡的一切，但還是第一次看這裡辦生日會的模樣，畢竟每次生日會都是童延親自參加。

之前的那些年，她只在手機訊息上祝童延生日快樂而已。

沒有見過面，明明總是看著童延的身體，卻總覺得和童延並不是真正的熟悉。

這一次，她終於親自來參加童延的生日會了。

童延帶著許昕朵、婁栩進來後，不少人都在打量這兩個女孩子，最後將目光鎖定在許昕朵身上。

童延的哥們注意到童延對許昕朵的照顧，還有肩膀上披著童延的外套，再看到許昕朵漂亮的樣子，立即懂了，走過來熱情地招呼：「這就是嫂子吧？」

「延嫂果然好氣質，走來的時候就像仙女下凡，我等凡人居然能見延嫂一面，三生有幸啊！」

童延的好友並非全部都在嘉華國際學校，有些年齡不一樣，因為家室背景讓他們相識。只有在生日會的時候才會聚在一起，有些是第一次見到許昕朵。

之前童延的生日會都要開場了，童延突然帶著魏嵐他們離開，有人問童延要去幹什麼，童延回答：「去接個妞。」

回答完，引來了一陣起鬨的聲音。

童延邀請參加自己生日會的女孩子本來就不多，能讓童延親自去接的就更少了，這關係不言而喻。

所以許昕朵一進門，便被一群人簇擁著叫嫂子。

許昕朵腳步一頓，接著說道：「不是。」

所有人一陣納悶。

童延知道許昕朵的意思，指著許昕朵介紹道：「我兄弟，我的兄弟就是你們兄弟，大家都是兄弟。」

眾人：「……」

白期待了。

童延湊到許昕朵身邊說道：「這些人妳都熟，不用我照顧了吧？」

「嗯。」許昕朵點頭，走到婁栩身邊。

童延還需要去跟參加生日會的人打招呼，之前都要開場了，他突然離場，現在自然要跟大家解釋一下，不能一直陪著許昕朵。

許昕朵帶著婁栩朝著裡面走，婁栩的眼睛都快不夠用了：「哇……這是韓劇裡的房子吧，一個人住這麼大的地方？而且帥哥的朋友真的都好帥啊……」

童延和父母分開住，他父母的房子在另外一處別墅，距離這裡不遠，坐車三分鐘以內，還包括上車下車的時間。

和童家比，婁栩覺得自己家只能算半路出家的暴發戶。

童延一個人住在這裡，另外半個主人是一隻德國牧羊犬，名叫 COCO。

許昕朵帶著婁栩去找 COCO 玩，卻被童延的兩個兄弟攔住了。

陸啟朝笑嘻嘻地看著許昕朵問：「小美女真的不是我們延哥的女朋友？」

這位其實比童延年紀大，今年都大一了，叫一聲延哥，在旁人面前客氣。

童延也叫他朝哥。

許昕朵搖頭嘆氣：「我和他身分不合適，我只是小門小戶的養女。」

陸啟朝聳肩：「只要延哥樂意，都可以無關性別。」

依童延的性格，只要他想，不管家裡同不同意，是不是女的，甚至是不是人，童延都可以堅持到底。

許昕朵繼續解釋：「我們只是好朋友。」

「我們延哥第一次對一個女孩子這麼上心，我覺得妳可能會是我未來嫂子。妳先對我有一個好的印象，以後延哥和我出去鬼混的時候，記得放人。」

許昕朵看著陸啟朝，知道這小子是最能玩的一個。

說他不學無術吧，人家還是明星工程大學的，品學兼優，相貌優秀。

說他出類拔萃吧，人家闖過的禍卻是最多的，許昕朵在童延身體裡的時候，就被他帶去衝浪過。

如果是在泳池裡衝人造浪也就算了，他竟然帶著她去一個大壩衝浪。水壩開閘放水，趁著這股水流衝浪，跟找死一樣，有一位兄弟的泳褲都消失了。

許昕朵不想理他，只是回答：「你趕緊給我找個嫂子吧，都為人家考上了。」

陸啟朝傻眼了：「童延那傢伙連這事都說了？我去找他！」

說完帶著朋友衝了出去。

陸啟朝走遠後，她帶著婁栩到了二樓，COCO果然被留在這裡。

COCO是專業訓練過的，之前命令牠不許出這個範圍，牠就絕對不會離開，只是在二樓陽臺往下看。

許昕朵看到 COCO 的時候，不太確定 COCO 能不能認識她這具身體，於是在一旁說了幾個口令。許昕朵說完口令後 COCO 全部照做了，且老老實實地看著她，她才確定，這小傢伙還認識她。

婁栩有點怕 COCO，一直站在樓梯口，轉身就能跑的位置。

許昕朵走過去幫 COCO 抓了抓脖子，說道：「其實牠真的想攻擊妳，就算站在那裡也沒用。」

說著拍了拍 COCO 的頭說道：「給姐姐凶一個。」

COCO 聽到之後立即咧嘴發出嘶鳴聲，兇惡萬分，嚇得婁栩半個魂要沒了。

許昕朵再次命令：「笑一個。」

這個命令後，COCO 居然真的展現出笑容來，讓婁栩睜大了眼睛：「牠好聽話啊！」

頓時沒那麼怕了。

許昕朵站起身來，從一側的櫃子裡拿出 COCO 的零食，給 COCO 看了後命令：「叫爸爸。」

COCO 真的用狗叫聲叫出了爸爸的音。

這個技能不是專業訓練練出來的，是童延無聊之下訓練的。

訓練完了還跟許昕朵炫耀，讓她換過來後一定要試試看，久而久之，她也這麼逗狗了。

許昕朵將零食給COCO，對婁栩炫耀：「COCO厲害吧？」

「許昕朵妳不講究啊，我是牠姐姐，妳是牠爸爸，妳占我便宜呢？」

許昕朵笑了笑，警告婁栩：「妳現在最好別凶我，COCO護短，這點像牠主人的。」

婁栩怕了，連連求饒。

許昕朵站在陽臺邊朝著院落裡看，看到童延大笑著跟好友聚在一起玩鬧著。

她突然察覺到COCO不對勁，回過頭就看到劉雅婷站在樓梯旁看著她。

許昕朵對著劉雅婷微笑：「要一起嗎？這裡暖和一些。」

劉雅婷其實早就在了，她看著許昕朵對這裡很熟悉的樣子，甚至和COCO也很熟，不由得一陣難過。

劉雅婷看著許昕朵，鄭重地問：「妳和童延在交往嗎？」

「並沒有。」

「那妳為什麼披著他的衣服。」

「因為我怕冷。」

「你們認識多久了？」

「他回國後。」

劉雅婷看著許昕朵暗暗握緊拳頭，隨後扭頭大步流星地離開。

等劉雅婷離開後，婁栩才指著劉雅婷離開的方向說：「妳可別惹她，我們學校出了名的暴躁老妹。」

許昕朵並未在意：「她人不壞。」

「妳不懂，她喜歡的男生明顯對你感興趣，女孩子扭曲的嫉妒，不知道會做出什麼來。」

許昕朵看著劉雅婷從樓下離開的身影，說道：「不會，她從未傷害過任何人，我相信她。」

就算哪天劉雅婷失態了，她也不會怪劉雅婷。

捨不得。

♫

尹嫿來到童延別墅的時候，童延他們還在鬧，此時已經換到室內，一起玩遊戲。

她進來時看到劉雅婷一個人在花園角落坐著，偷偷擦眼淚。

劉雅婷見到尹嫿後立即站起來，慌亂地擦了擦眼淚說道：「阿姨。」

尹嫿看著劉雅婷問道：「怎麼哭了，延延欺負妳了？」

劉雅婷氣鼓鼓地說：「我還巴不得他欺負我呢，他都不理我。」

「所以哭了？」

劉雅婷做了一個深呼吸，回頭朝著別墅看了一眼後，說道：「阿姨，他們鬧的正瘋的時候，您還是別過去了，烏煙瘴氣的，我們去別的地方聊聊天吧。」

尹嫿並未拒絕，和劉雅婷一起去別墅另外一側。

尹嫿顯然是故意選的地方，從這裡二樓的落地窗，剛好能看到一樓大廳裡的畫面。

尹嫿看到許昕朵和婁栩的陌生面孔，問劉雅婷：「那兩個女孩子妳認識嗎？」

劉雅婷坐在一旁看著，糾結一下子說道：「不認識。」

其實劉雅婷知道童延現在正跟許昕朵在一起，如果尹嫿看到許昕朵肯定會詢問許昕朵的身分，到時候許昕朵是養女的身分肯定瞞不住。

劉雅婷雖然不喜歡許昕朵，卻也不想許昕朵現在就露餡，只想把尹嫿叫走，沒想到反而成了從遠處觀察他們。

尹嫿看了看劉雅婷，隨後繼續去看那群在玩鬧的孩子。

她的目光時不時落在許昕朵的身上，有打量，有探尋。

有陸啟朝這個人在，童延的生日會註定不平凡。

童延都怕了陸啟朝了，靠在沙發上單手捂臉，不想去看那群把西裝外套綁在腰上，跳草裙舞的怪物。

許昕朵早就習慣這群人的鬧了，也不在意，坐在角落裡遞零食給婁栩，怕婁栩跟誰都不熟，會不自在。

其實婁栩高興得不得了，她發現偷拍被童延發現了，童延也不會說什麼，似乎沒有傳說中那麼不近人情，挺隨意的。

許昕朵幫婁栩倒飲料，走到飲料機前按幾下按鈕，飲料斷斷續續地往下噴。

這是飲料機的老毛病了，許昕朵直接將蓋子打開，從抽屜拿出一個長針，伸進去碰了一下接觸的板，飲料機就修好了。

按照童延的習慣他早就把這個換了，是許昕朵比較節儉，覺得沒必要，自己動手修了幾次，也算是熟能生巧。

接好了奶茶，她端著飲料到了婁栩的面前，那群人在玩默契遊戲。

這已經算是今天晚上非常收斂的遊戲了。

陸啟朝對著童延說道：「來吧延哥，和你的妞一起，輸了的人穿衣服跳進泳池裡游泳吧。」

陸啟朝說完，拉著自己的兄弟一起上來，明顯就是想找碴。

在他們的認知裡，許昕朵和童延也只認識了幾天而已，根本不熟。

陸啟朝帶上來的人是自己的青梅竹馬，從小一起長大，熟悉程度自然不用說。

另外一對上來的是魏嵐和蘇威，也認識很多年了。

許昕朵和童延並排坐在中間，拿著作答小白板。

在座的其他人輪番出問題，從正常逐漸變得刁鑽。

一開始是對方鞋子的尺碼，每個人需要在上方寫著自己的數字，下面寫對方的，兩個人都寫對了，才算是累積一分。

下一人提問：「對方起床的時間？」

陸啟朝忍不住問：「要是沒有固定時間只是自然醒怎麼辦？」

那人立即補充：「寫一個平均數。」

魏嵐寫的時候忍不住嘟囔：「這個有點難啊。」

結果童延和許昕朵已經寫完了，大家都有點好奇，他們兩個人直接亮了出來。

許昕朵每天五點起床。

童延每天六點三十分起床。

他們兩個人經常互相用手機，都知道對方鬧鐘的時間，其中許昕朵可以自然醒，鬧鐘響之前就能迷迷糊糊地醒來，聽到鬧鐘響了，才會起床洗漱。

魏嵐都要懷疑人生了：「你們兩個人聊得這麼深入了嗎？」

童延回答得理直氣壯：「同學嘛。」

魏嵐翻了一個白眼：「我就不知道我同學的起床時間。」

「你即世界是吧？」

魏嵐不說話了。

下一個人更騷了，直接問：「對方的胸圍？」

童延聽完便說道：「換個問題，不然打你，女生的資料能說給你們聽嗎？」

那人回答：「那不用寫朵朵的，寫延哥一個人的就行。」

許昕朵並未猶豫，寫下數字，亮出來。

魏嵐拿著小白板看童延的答案，數字一致後魏嵐崩潰地問：「你們同學之間這種事情都知道的嗎？」

陸啟朝笑得直打嗝，狂拍大腿。

真的比不過，這怎麼比？

婁栩就比較八卦了，詢問：「對方的戀愛次數？」

這個問題問完，魏嵐看著婁栩問：「妳是不是針對我？」

一旁的蘇威愁眉苦臉的掰著手指頭算，引得一群人大笑不止。最氣人的是魏嵐自己也要數一數，跟著坐下來努力回憶。

許昕朵和童延都很好寫，畫了一個「0」就完事了。

他們兩個人互換身體多年，接觸過什麼人，發生過什麼事情，彼此都瞭解，兩個人都沒談過戀愛這件事情根本不算祕密。

陸啟朝那邊也全都答對了，看著童延的白板對許昕朵說：「看到沒，雙初戀。」

話音一落，引來一群人起鬨。

下一個人問問題：「對方睡覺打呼嗎？」

陸啟朝首先否認：「我自己不知道我打不打，沒辦法回答。」

那人也急了：「這是問你嗎？你打不打呼誰關心啊？」

陸啟朝才反應過來，拉長音地回答：「哦——」

但是這個問題，依舊不成立，那個人要再換一個問題，於是問：「對方有喜歡的異性嗎？」

蘇威第一個回答出來，自己沒有，對方：多的是。

魏嵐寫的是自己沒有，對方沒有。

魏嵐看了看蘇威的白板不爽：「我最近剛放棄還沒有新目標呢。」

蘇威反駁：「這個階段你是最博愛的。」

「……」

童延也很快寫完了，結果看到許昕朵有點猶豫，不由得探頭去看，瞄到許昕朵寫了他沒有，卻在她自己的答案那裡猶豫。

他愣了一下，盯著許昕朵猶豫的樣子看了半晌，她是有喜歡的男生了，不確定心意嗎？

什麼時候的事情？

轉學過來後？

邵清和？

許昕朵扭頭看向童延，看到童延寫了兩個沒有後，毫不猶豫地也寫了沒有。

這一舉動引得其他人抗議：「不許看對方的答案。」

「這兩個人真難搞哦……嚴防死守，毫無漏洞。」

下一個人問：「對方用什麼牌子的牙膏？」

問題問完，魏嵐直接摔答案板，他從來不關心兄弟用什麼牌子的牙膏。

許昕朵和童延再次快速寫了答案，又是一樣的。

陸敵朝和魏嵐對視一眼：「小魏，我們兩組決一死戰吧，完全比不過。」

魏嵐也跟著問：「朝哥，搬起石頭砸自己的腳有不有趣？」

陸敵朝比了一個耶：「開心。」

最終，魏嵐和蘇威要去跳泳池，許昕朵和婁栩樂呵呵地看。

魏嵐到了泳池邊脫掉西裝外套，這套訂製西裝只穿了一次，不是能下水的東西，他有點捨不得。

他扭頭對家裡的傭人說道：「可以準備一條毛巾給我嗎？」

話音剛落，就被童延一腳踢了下去：「下去吧，我還能準備一床被子給你。」

蘇威則抓住許昕朵的手腕：「我不管，如果我下去就拉著朵爺，延哥你看著辦吧！」

結果許昕朵一點也不在意，手腕一轉就掙脫了，還順勢把蘇威推了下去，看到他們兩個人在泳池游泳，跟著笑到不行。

♫

尹爐看完他們玩遊戲，扭頭看向劉雅婷，劉雅婷還在傳訊息給童延，通知童延阿姨過來了，結果發現自己被童延拉黑了。

她翻了個白眼，把手機放在一旁，她不管了，你們自生自滅去吧。

尹爐指著許昕朵說道：「她身上有一點男孩子的小習慣，和延延有點像。」

劉雅婷沒多想，含糊地回答：「可能是……她比較像假小子，所以玩得來吧。」

「嗯，我們也下去吧，去打個招呼。」

劉雅婷一下子慌了，平時都會跟尹嫿一起走，今天卻慌亂地說道：「我去讓那群臭混蛋收拾一下。」

說完快速下樓去提前通知童延，手機都忘記帶了。

尹嫿拿過她的手機看了一眼，隨後關了螢幕放回原處。

尹嫿走下樓時劉雅婷已經通知完了。

走進屋子就看到一群慌亂的人，魏嵐和蘇威圍著毛巾狼狽地朝著樓上狂奔，想要躲開尹嫿，不被尹嫿看到他們胡鬧的樣子。

其他人客客氣氣地跟她打招呼，她一一回應了。

那邊童延被劉雅婷提醒後隨便說了一句：「來了就來了唄。」

劉雅婷指著許昕朵問：「她怎麼辦？」

「她怎麼了？」童延不懂。

「阿姨不會讓你們繼續來往的！」

童延看著劉雅婷遲疑了一瞬間，想要讓許昕朵躲一躲，結果尹嫿已經到了。

尹嫿到了童延的面前，劉雅婷站到一旁，能做的她都已經做了，幫不了其他的了。

一邊的婁栩看到尹嬧眼睛都直了，前些年的娛樂圈女神，傳說中的顏值巔峰時期的佼佼者，曾經的影后尹嬧！

尹嬧如今已經四十多歲了，但是完全不顯老，看起來氣質絕然，自帶強大氣場。絕佳的面容，精緻且艷麗到爆的妝容，穿著量身定制的旗袍，肩膀上搭著披肩，看人時帶著微笑卻又明顯的不可招惹。

童延大咧咧地問：「媽，妳怎麼來了？不是說讓我一個人辦就行了嗎？」

「兒子過生日，媽媽肯定是要過來的。」她說著看向許昕朵，見到許昕朵看到她之後一喜，想要和她打招呼，卻突然頓住。

須臾，許昕朵才弱弱地叫了一句：「伯母好。」

「這位是……」尹嬧指著許昕朵問。

陸啟朝槍先回答：「朋友，我的朋友！」

他記得許昕朵說過她和童延的身分不太合適，也知道尹嬧的性格，趕緊主動站出來了。

尹嬧笑著看陸啟朝，接著問：「你的朋友叫什麼？」

陸啟朝對許昕朵示意：「自我介紹一下。」

許昕朵規規矩矩地問好：「伯母好，我叫許昕朵。」

尹嬧走過來拉住許昕朵的手，親熱地說道：「童延身邊的女孩子少，妳看起來臉生，所以問問。姓許……是……」

似乎在想哪家姓許，有許昕朵這樣孩子。

許昕朵主動說道：「我是穆家的養女。」

「哦，真看不出來。」

許昕朵看著尹嫿，不明白這句話是看不出來她是養女，還是看不出來她居然不是親生女兒……

——《靈魂決定我愛你》01 完——

高寶書版集團
gobooks.com.tw

YH 082

靈魂決定我愛你（01）

作　　者　墨西柯
責任編輯　吳培禎
封面設計　茵萊登曼特
內頁排版　賴姵均
企　　劃　鐘惠鈞

發 行 人　朱凱蕾
出　　版　英屬維京群島商高寶國際有限公司台灣分公司
　　　　　Global Group Holdings, Ltd.
地　　址　台北市內湖區洲子街88號3樓
網　　址　gobooks.com.tw
電　　話　(02) 27992788
電　　郵　readers@gobooks.com.tw（讀者服務部）
傳　　真　出版部(02) 27990909　行銷部 (02) 27993088
郵政劃撥　19394552
戶　　名　英屬維京群島商高寶國際有限公司台灣分公司
發　　行　英屬維京群島商高寶國際有限公司台灣分公司
初　　版　2022年 4 月

本著作物網路原名《真千金懶得理你》，作者：墨西柯，由北京晉江原創網絡科技有限公司授權出版。

國家圖書館出版品預行編目(CIP)資料

靈魂決定我愛你/墨西柯著. -- 初版. -- 臺北市：英屬維京群島商高寶國際有限公司臺灣分公司, 2022.04
冊；　公分. --

ISBN 978-986-506-406-8(第1冊：平裝). --
ISBN 978-986-506-407-5(第2冊：平裝)

857.7　　111005568

GOBOOKS
& SITAK
GROUP ©